ピロロポリルンッ

弟子屈羊餶
TESHIKAGA Ramutara

文芸社

目次

ピロロポリルンッ

第一章　再会

非番の日にかかってくる職場からの電話は、絶対と言っていいほど良い報告ではない。スマホの画面に表示された「職場」という文字を見ながら、坂見《さかみ》はそんなことを考えつつ応答ボタンを押した。

「場長！　お客さんが男女の水死体を発見して、警察には今、通報しました」

「何だって。私もすぐそっちへ行く！」

パジャマのボタンに手をかけながらそう答えると、坂見は手早く身支度を整えた。

北海道東部。奈加岳《なかだけ》の麓に位置し、古くから神秘の湖と呼ばれてきたナカンペ湖。その畔《ほとり》に開設されたキャンプ場の場長を任されている坂見は、山道を二十分ほど行った先の職場へと車を走らせた。

坂見には妙な胸騒ぎがあった。男女の水死体は、もしかすると知人かもしれない。

「どうか別人であってくれ……」

逸る気持ちから前のめりにハンドルを握り、アクセルを踏む足にも幾分力が入る。普段は野生動物に気を付けて徐行する箇所でも可能な限り車を飛ばした。

やがて職場へ到着すると、林の向こうに人だかりが見えた。車を降りパトカーのサイレンを後ろに聴きながら、六十代の半ばを越えた坂見は必死の形相で走り出す。

前方を見ると、お揃いで色違いのアウトドアウェアを着た男女が湖畔に倒れていた。

遠巻きに見ていた宿泊客の会話が走る坂見の耳に入ってくる。

「可哀想に。女の方はまだ若いらしい」

坂見の胸騒ぎはいよいよ最高潮に達した。

息を切らし、水死体の傍に片膝をつきしゃがみ込む。

暫くその体勢で二人を見つめた後、坂見は顔を上げた。

「あぁ、恭弥《きょうや》さん」

十三か月前　八月下旬

『ガスの出る日はあんまり出歩いてはいかん。気がふれてしまうからな』

五十回の腕立て伏せを終え、フローリングに敷いたゴムマットに突っ伏していた俺は何故か、ふと祖父の言葉を思い出した。この地域では濃霧のことをガスと呼ぶ人も少なくない。

ゴロンと身体を回転させ仰向けになると、最近やっと見慣れてきた天井を見つめる。

続けて、子供だった俺の言葉が蘇る。

「きがふれるって、なぁに」

「うーん、そうねぇ、気持ちがおかしくなっちゃうってことよ、恭弥」

答えてくれたのは母だった。あれは母の実家でのことだったか。

こんなことを思い出すのは冷夏のせいだろうか。俺が住んでいるこの黄陽町《こうようちょう》は、もともと夏でも最高気温が二十五度を超えることは珍しいが、今年は特に薄曇りの日が多く、気温は上がらなかった。一昔前までは今年のような気候が普通であったが、近年の暑い夏のせいで感覚が麻痺しているのだろう。

起き上がり窓辺へ行くと、少し離れた海岸線の方へ目をやった。やはり今日も薄い曇り空と霧のせいで、夏にもかかわらず寒々とした景色が広がっていた。

それでも運動した後は暑い。俺はスマートスピーカーに呼びかけた。

「ビルエショルクツェミリルフスキー、エアコンをつけて」

何の応答もない。テーブルに置かれたそれを見ると、電源のランプは光っている。

「ヴィルエショルクツェミリルフスキー」

最初の音を下唇を噛んで発音してみる。

やはりダメだ。巻き舌の発音が甘かったか。俺はリモコンを手に取りエアコンを作動させた。

この何か月か他人と会話らしい会話をしていない。他人の前で声を出すのはスーパーでレジ袋を断る時くらいだ。そのせいで奴は応答しないのだろうか。

他人と話す機会がないのは今年の三月末、十六年間勤務した東湿野《としの》市役所を退職し、半ば引きこもりのような生活をしているからだ。それ以来、今、目に映っている霧に霞む街並みのように俺の心はモヤモヤとしていた。

去年の暮れあたりから、俺は言いようのない疲れを感じていた。

とにかく疲れた。何も上手くいかない。ゆっくり休みたい。そんなことばかりを考え、逃げるように退職したのだ。長いとも短いとも言えない市役所生活で仲の良い知人はたくさんできたが、その人たちが善意で企画してくれた送別会も全て断った。全てが鬱陶しいと感じていたのだ。俺は、自分にまとわりついているしがらみ、と自分勝手に思っているものを断つため、まずはこの町へと引っ越してきた。

とは言っても、故郷を完全に捨てることもできず、何より母の菩提寺がある東湿野から離れたくはなかったため、新天地（と言えるかどうかは微妙だが）として隣町を選択したのだった。引っ越しと同時にスマホを買い替え、電話番号を変更した。新しいそれには、SNSアプリ等はインストールせず、友人・知人たちとの連絡を一切断つと共に、極力、他人との接触を避けるため外出のほとんどは二十二時以降、スーパーかドライブに出かけるくらいだ。古いスマホから引き継いだのは母方の伯父の連絡先とゲームアプリだけだった。

四月から現在まで、好き勝手な生活を送ってきた。欲しいものは全て購入した。一番の買い物である、以前から欲しかったSUVの高級車はつい先日納車されたばかりで、夜な夜なドライブを楽しんでいる。ゲームアプリへも惜しげもなく課金し、どんな敵でも倒せるほどのキャラクターを作り上げた。数年前に話題になり、ずっと読みたいと思っていた小説『何気なくクリティカル』も三度読み直した。

だが、どんなことをしても心は満たされず、そこに占める虚無感が大きくなっていることに気が付いていた。これから先、自分は何をしてどうやって生きていくのか、その答えも出せないまま、退職から五か月が過ぎようとしていた。

そんな、とある日の午後、まさに暇つぶしと化したゲームアプリを弄りながら情報番組を見ていると、最近のアウトドアブームを紹介する企画があった。

「見てください。こんなにたくさんのにわかキャンパーが……」とスーツ姿のアナウンサーがリポートをしている様子が映った。

自分も三年前までは年に数回キャンプ場を回り、アウトドアを楽しんでいたことを思い出す。

「久しぶりに、行ってみるか」

それから重い腰を上げるのに、二週間ほどを要した。


九月も半ばになり暑さと寒さが同居する、不思議な季節になった。この地域の秋は晴れた日が圧倒的に多く、アウトドアには持ってこいである。

俺は季節に急かされるように天気の長期予報を見ながら、キャンプの日程を検討した。場所はもう当然のように決めていた、子供の頃から何度も訪れたことのあるナカンペ湖キャンプ場。久々のキャンプでもあるため、近場が良いとも思った。天気予報のサイトによると、来週末は天候も良く気温は平年より高めになりそうだとのことで、多くの人が三連休の中日である日曜日を、俺は久しぶりに昼間から外出する日に選んだ。

大自然の中で気分転換をし、焚き火をしながら色々と考えてみよう。きっと何か浮かぶはずだ。俺は歯を磨きながらそんなことを考えていた。

九月下旬　三連休初日（土曜日）

ピンポーン。土曜日の午前中、玄関のインターホンが鳴る。女性ファッション誌を左手に持ったまま綾梨紗《ありさ》がリビングの壁に設置されたモニターを覗くと、東湿野市役所の先輩、みどりの姿が映っていた。一時間ほど前にみどりから「遊びに行く」と連絡があったのだ。

「みどりさん。今、開けま……」

綾梨紗が言い終わらぬうちに、みどりがまくし立てた。

「アリス、ピクニックに行かない？　行くでしょ、十五分で用意してね。車で待ってるから！」

アリスとは、本人は気に入っていないが綾梨紗のニックネームである。

「あの、みどりさん……？」

少しの戸惑いの後、そう呼びかけた時には既にモニターは殺風景な階段室だけを映していた。

急いでスカートからクロップドパンツに着替え、クローゼットからフード付きのアウターを取り出す。スマホをバッグに押し込むと綾梨紗はバタバタと共同玄関へと続く階段を降りていった。

　駐車場にはみどりの他に男性が二人、戸崎《とざき》と多仁原《たにはら》も待っていた。

「ほらね、来たでしょ。アリスを連れ出すのはちょっと強引な手が必要なのよ」

　二人は感心しながら笑顔を浮かべる。

「はぁはぁ、お待たせしました」

「ごめんね、アリス。じゃ、行くわよ」

　途中、コンビニでおにぎりとサンドウィッチ等を買い込み、車で一時間ほど離れたナカンぺ湖キャンプ場へ向かった。

「みんなアリスのこと心配しているのよ、どんどん元気がなくなっているって」

　助手席のみどりが後ろを振り返り、綾梨紗へ声をかける。

「はい……、すみません」

　申し訳なさそうに、綾梨紗が俯く。

「それで、多仁原の提案で、アリスちゃんが好きなナカンぺ湖に連れていって、元気を出してもらおうというわけさ」

　ハンドルを握る戸崎がバックミラー越しに綾梨紗を見る。

「僕も綾梨紗ちゃんの同期として放っておけなくて」

隣に座っている多仁原も頷く。

「ご心配をおかけして申し訳ありません。でも、元気がないわけではありません」と、綾梨紗は無理やり、両手でガッツポーズをする。しかし、声は弱々しい。

「嘘よ、私には分かるわよ。妹のことなら何でも分かるの！」

みどりは社会人として一年後輩の、年齢で言えば五つ年下の綾梨紗を実の妹のように可愛がっていた。

戸崎の愛車は湖への道のりを軽快に進み、いつしか車内の話題は、綾梨紗のことから身近な噂話へと変わっていた。

「先輩がこの前、二十四時間スーパーで眞気澤《まきざわ》補佐を見かけたって」

戸崎が大学時代から親交のあるみどりに言った。

「ええっ、あの、眞気澤さん？　ていうか退職したからもう補佐じゃないでしょ」

みどりが戸崎の左腕を軽く叩く。

「まきさん！」

綾梨紗が思わず身を乗り出す。

「二十四時間スーパーって、あの黄陽町との境のですか」

元気のなかった綾梨紗が急に声を張り上げたので、三人共少し驚いていた。

「あ、あぁ、そうだと思うけど」

戸崎は緩みかけた手に力を入れ、ハンドルを握りなおした。

「アリス、どうしたの。そんなに食いついてきて」

みどりは、まだ目を白黒させている。

「あっ、いいえ、別に」

少し赤面した綾梨紗の横顔を、多仁原が不思議そうに見つめていた。

「そう言えばアリスと同じ課に居たこともあったわね。退職の挨拶回りの時は会えなかったのよね」

「はい。私、その時は入院中でしたから」

今年の三月の下旬から四月頭にかけて、綾梨紗はストレス性の胃腸炎を患い、悪化してしまったことから入院を余儀なくされていた。

「でも、眞気澤さんって、退職してインドに行ったたって聞いていたわ。ほらあの人、カレーが大好きだったたって話でしょ。蛇口からカレーが出てくる家に住んでいたとか」

みどりが話の矛先を戸崎に向けた。

「僕もそう聞いていましたよ」

戸崎より先に多仁原がみどりに同意する。

「何だよそれ。俺は宝くじが当たって美女とハワイへ移住したたって聞いたぜ」

戸崎が笑い飛ばす。

まきさんが一番好きなのはラーメンで、カレーは二番なのに。

綾梨紗が心の中で呟いた。綾梨紗は入庁時に配属された課で眞気澤に仕事を教わっていた。一年間隣の席で共に汗を流し、その後眞気澤は東湿野市役所史上、最年少で管理職へ昇進すると他の課へ異動していった。そして今年の三月をもって退職していた。

やっぱりまきさんはまだ東湿野に居る。綾梨紗は車の外を流れる山の木々を見つめ、無意識に拳を握りしめた。

キャンプ場へ着いたのは十三時近くだった。綾梨紗の家を出発した時に晴れていた秋空はいつの間にか雲が広がり始めていたが、湖面には一部太陽の光が差し込み、眩い光を放っていた。

綾梨紗は約二年ぶりに訪れた大自然の空気を肺一杯に吸い込んだ。

故郷にはない緑の香りを含んだ空気。広大な湖と森林、そして活き活きと暮らす野生動物。そういったものに憧れ、綾梨紗は本州の高校を卒業後、東湿野へやってきたのだ。

湖の畔にピクニックシートを広げ、四人は昼食をとった。

「ご飯食べたら、湖の周りを散策しようよ」

「おう」と戸崎がイワシを丸ごと挟んだホットドッグを頬張りながら、みどりへ相槌を打つ。

「今日は、野ウサギ、見られるかな」

みどりがわくわくした表情を浮かべる。

「僕もそれが第一の目的です」

多仁原が周囲を見回す。

「こんな近くには居ないだろ」と戸崎はニヤリとした視線を多仁原へ送った。

このナカンペ湖には古くから数多くの伝説があり、野ウサギにまつわるそれは湖を訪れる客ならば誰しもが目的の一つとしていた。

野ウサギの写真を撮り、常に持ち歩くと幸せが舞い込んでくる。

それが現代で耳にする伝説である。昔は野ウサギを見かけると幸せになる、だったのだろう。

野ウサギの写真を撮ることができたら、もしかして……。

綾梨紗はスマホをバッグから取り出し、カメラの起動をシミュレートすると、上着のポケットへ入れた。

四人はシートや手荷物を車に納め軽装になると、湖の周りを囲む散策路を歩き出した。

昼前までは気温が平年よりも相当高かったようだが、キャンプ場の従業員は「ちょっと寒くなってきたねぇ」と目立ち始めた落ち葉を掃き集めながら話していた。

戸崎と多仁原が談笑しながら先導し、みどりと綾梨紗は散策路の脇を注意深く見つめめつつ進む。

「アリス、何か心配事あるんでしょ」

みどりが小声で綾梨紗に尋ねる。

「何もないですよ」

綾梨紗は作り笑いに近い顔をした。

「この半年くらい、ずっと元気がないじゃない。私にも言えないようなことなの」

みどりが綾梨紗に接近する。

「別に、私、大丈夫です。ご心配ありがとうございます」

綾梨紗は立ち止まり、お辞儀をした。

「そう、なら、いいんだけど」

みどりの顔からは心配の文字が消えない。

おーい、と空を指さす戸崎の呼ぶ声がし、見上げてみると丹頂鶴が二羽、大きな翼を広げて曇り空を舞っていた。

三年前に見た景色だ、と綾梨紗はうっとりして優雅という言葉がこれ以上ないほどに当てはまる天然記念物の仕草を見ていた。

パシャリというシャッター音がした方向を見ると、みどりが空にスマホを向けていた。

「野ウサギを見かけたら、こういう反応をしなきゃダメよ」

みどりが得意げに笑顔を見せた。

一時間ほど歩き、昼食をとった場所の対岸あたりまで来ていた。

「ちょっと休憩」と戸崎は倒れた太い木へ腰かけた。

「少しガスが出てきましたね」と多仁原が湖の方を見る。

「ガス？　さすが地元っ子ね」とみどりが笑ったが、多仁原は真顔のまま「さぁ、濃くならないうちに戻りますよ」と戸崎を立ち上がらせた。

ナカンペ湖でこの時期だけに発生する濃霧。地球温暖化のせいなのか分からないが、もう十五年くらい発生していなかった。

また戸崎と多仁原が先導し歩き出すが、今度は二人共無言のまま足を動かしている。多仁原が数十歩おきに後ろのみどりと綾梨紗を振り返る。

「ねぇ、おんぶしてよ」とみどりが二人の背中に呼びかけたが、冗談だろという戸崎の笑い声が聞こえた。

前を行く男性二人の歩く速度が速まっているのか、霧が濃くなってきているのか、綾梨紗の視界から徐々に二人の背中は霞んでいった。

「アリス、少し走ろう」とみどりが駆け出す。

一拍遅れて、綾梨紗も付いていく。

「あっ！」

その時、みどりが通った後ろを、小さな生物が、湖から山の方へ向けて横切った。

「野ウサギ！」

反射的に綾梨紗は、その生物が行った先へ方向を変えた。

「アリス？」

綾梨紗が山の方へ行った気配を感じたみどりが立ち止まって振り返る。

「ねぇ、アリス！」

返事はなかった。

「ちょっと、戸崎！　多仁原君！」

霧の中にみどりの声が響いた。


茶色と灰色のまだら模様の毛並みをした小さな野ウサギは、走ると歩くとを繰り返し、山の方へ向かったかと思えば湖の方へ戻るという、まるで綾梨紗をどこかへ誘っているかのような動きをしていた。

綾梨紗は走りながらスマホのカメラを起動し、視界に出入りする小さな生物へ向けて構える。シャッターボタンを押そうとすると草木が野ウサギの姿を巧妙に隠した。

「ん、もう！」と温厚な綾梨紗も徐々に苛立ちが募る。

絶対、写真に撮らなきゃ！

焦りが涙となって、綾梨紗の大きな瞳を潤す。

野ウサギが背の高い草の繁みに飛び込むと、綾梨紗も構わずに緑の波を掻き分けて進む。そこを抜けると目の前に濃霧が飛び込んできた。瞬間的に危険を察知し立ち止まる。かすかな水音で、自分は湖のすぐ前にいるのだと悟った。

四方は濃霧に囲まれ、幸せの使者の姿はもう見えなかった。思わず両膝をつく。そのまま前方に倒れ、両手で身体を支える。荒い呼吸を整えていると悔しさが心に溢れてきた。

ダメだったの？　私、頑張ったけど、ダメだった。

いわゆる女の子座りになり俯くと、さっきから両目に溜まっていた水滴が手の甲へぽたぽたとこぼれ落ちた。

綾梨紗はこの半年間、とある目的を遂げるために地道な努力を重ねてきた。仕事は順調にこなしていたが、このプライベートな目的は一向に達成できる気配がなく、綾梨紗の心はかなり擦り減っていた。

そして、心からの願いを叶えるチャンスをたった今、逃してしまったのだった。心の堰を越え涙と泣き声がどっと溢れ出た。

手のひらの下にあった丸い石を綾梨紗は強く握りしめていた。


「いやぁ、一時はどうなるかと思ったけど、良かったよなぁ」

愛車を操りながら戸崎が大きな笑い声をあげる。

「もう、アリスったら普段からは想像もつかないことをするんだから」

みどりは呆れたような、安堵したような、何とも言えない表情をしている。

「すみません」と目を腫らし赤い顔をした綾梨紗が答える。

「心細くなって、あんなに大泣きしているなんてな。姉とは大違いで可愛らしいじゃないか」

戸崎の大きな笑い声が止まらない。

「何よ、私だってアリスと同じ二十歳の時は、か弱き乙女だったんだから」

みどりが戸崎の左腕を軽く殴る。

「こんなに濃いガスの日は僕も初めてでしたよ。心細くなるのも仕方がないと思います。

もう大丈夫？」と多仁原が綾梨紗の顔を覗き込む。

「はい、平気です」と綾梨紗は両手で力強くガッツポーズを作ると、「みなさん、ありがとうございます。本当に良かったです」と笑顔を見せた。

「アリス、少し元気出てきたわね。野ウサギの写真は撮れなかったけど」

みどりが柔らかい視線を向けると、綾梨紗はうふふと笑った。

「良かったな、多仁原。お前の企画、大成功だぜ」

戸崎は親指を立てた左手をバックミラーに映す。

「ええ。戸崎先輩も、運転ありがとうございます」

同じ市役所シャドウボクシング部に所属している戸崎を労う。

霧の中、号泣している綾梨紗をみどりたち三人が発見したのは、つい一時間半ほど前のことだった。みどりに手を引かれ、かなり薄まった霧の中を、綾梨紗は考え事をしながら無言で歩いてきた。無事に帰路についたところで戸崎が笑い話として切り出したのだ。

みどりたちが自分を捜しに来てくれたことはもちろん嬉しかったが、それ以上に綾梨紗は目的が達成できるかもしれない希望に心が躍っていた。

濃霧の中で体験した、夢か幻か分からない不思議な出来事のことはみどりたちには黙っていた。話してしまうと、またチャンスが逃げてしまうのではないかと思った。

綾梨紗が元気になってきたことで、みどりは上機嫌にトークを繰り広げ、帰り道の車内は終始笑い声に包まれた。

絶対、会える。三人の笑い声を聴きながら、綾梨紗は何故か確信した。

みどりが話す面白い話題による笑みと言うよりは、心の中の希望が生み出す笑みを綾梨紗はいつまでも浮かべていた。

九月下旬　三連休二日目（日曜日）

すっかり夜型人間になっていた俺は、数日前から徐々に生活リズムを通常に戻していた。キャンプ当日、目覚まし時計よりもかなり早く目覚め、窓から外を眺めると天気予報通り空は快晴。気温も現時点では昨日より五度も高い。

「絶好のキャンプ日和だ」

午前中の早いうちに掃除等の家事を済ませると、身支度を整え部屋の外へ出た。久々の直射日光が、半袖の上着から露出した腕に刺さる。俺は車のラゲッジスペースにブルーシートを敷き詰めると、物置へ向かった。四月の引っ越しの時、ろくに拭きもせず運んだキャンプ用品はさらに埃まみれになっていた。一つ一つ丁寧にタオルで拭きながら車に積み込む。テントを積んだところで、急に思い出したことがあった。

「そう言えば、三年前に行ったキャンプでテントに木の枝が引っ掛かって、少し破いてしまったんだ」

　後でホームセンターに寄り、応急処置をするためのガムテープを購入しようと思った。

　正午前、朝から何も口にしていなかった俺は、以前、通い詰めていたラーメン屋「美澄《みすみ》」に立ち寄った。市街地のほぼ中心に立地しているこの店は市役所の近くでもあることから、平日に昼食・夕食を問わず利用していたのだ。少し建て付けが悪くなったガラス戸をガタガタと開け、退職以来初めて店内に入った。

「らっしゃい。おう、恭弥じゃねぇか。えらく久しぶりだな」

　厨房の中から大きな声が聞こえた。

「マスター、どうもご無沙汰で」

「仕事辞めて、全国ラーメン食べ歩きの旅に出たって聞いていたぞ」

「誰がそんなことを……」

　俺は苦笑した。

「少しやつれたんじゃないか。羨ましいよな。俺の腹を見てみろよ」とマスターは、以前より一回り大きくなった自分の腹をポンと叩いた。

「そんなことより、良く来てくれた。お前はうちの店の招き猫だったからな。お前が来ない間、売り上げは半減だぞ」

「そんな大げさな」と言いながら券売機に五千円札を入れメニューを選んでいると、何やら懐かしさを感じる音が聴こえた気がした。ほぼ南向きの店の入り口に目をやると、逆光の中、女性のシルエットが浮かび上がっている。

「くっ、女神かよ……」

あまりの神々しい様に思わずそんな台詞を呟いてしまった。

次の瞬間、「まきさん！」という聞き覚えのある声がし、はっと我に返ると、そこには綾梨紗が立っていた。

「おお、綾梨紗じゃないか！」

「らっしゃい、お嬢ちゃん」

「お久しぶりです。本当に……」

綾梨紗の目が少し潤んでいるように見えた。

「こんなところで、奇遇だね」

綾梨紗の話によると、俺のことをふと思い出し、この店の前を通りかかった時に俺らしき後ろ姿を見かけたとのことだった。そう言った後、何故か自分の頭をポカポカと二回ほど叩く綾梨紗。ほったらかしにされていた券売機が不満そうに五千円札を吐き出す。

「そう言えば、体調はもうすっかりいいのかい？」

俺は再び券売機に紙幣を投入しながら聞いた。

「もう問題ないです。今日はまきさんに会えたので元気特盛です」

今度は二回ほど頷く綾梨紗。

「特盛ねぇ……。あっ、特盛のボタン押しちゃった。久しぶりだから食いきれるかなぁ。

まぁいいか、売り上げに貢献だ」

「まきさん、ご一緒してもいいですか？」

もちろん、と俺は親指を立ててＯＫのサインを綾梨紗に見せると先に小上がり席へ向かった。従業員が水差しとコップを二つ持って食券を受け取りにくる。

「太麺でよろしく」

「私、細い方でお願いします」

遅れて席についた綾梨紗も食券を出すと水差しを手に取り、コップに水を注いだ。

「まきさん、痩せました？」

「マスターにも言われたよ。ゲームと筋トレばっかりやって食事は二の次」

綾梨紗の方も心なしかやつれ気味に見える。

彼女が注いでくれた水を一口飲み「仕事はどう？」と当たり障りのない質問をする。

「おかげさまで何とか一人前にはやっていると思います」

最近関わった新規事業や四月にあった人事異動の内容等について話す綾梨紗。マスターが豪快にチャーハンを炒める音をＢＧＭにして綾梨紗の話に耳を傾ける。食事中も頻繁に話しかけてくる彼女に、俺は心の中で「綾梨紗って、こんなに話す子だったっけ？」と思っていた。

食事を終え「ごちそうさまでした」とマスターに言って店を出る。

「また寄ってくれよ、恭弥。それと、お嬢ちゃん、良かったな」

綾梨紗がマスターにおじぎをしながら、苦労してガラス戸を閉める。マスターのガハハという笑い声は店の外に出た後もかすかに耳に届いた。

少し赤い顔をしていた綾梨紗ともここで別れようとした時、「わぁ、これまきさんの車ですか。ピカピカですね！」と綾梨紗が俺の車に駆け寄る。

「うん。ずっと前から欲しかったやつ、ついつい買ってしまったよ。納車されてまだ一か月も経っていないんだ」

「わぁ、いいなぁ、いいなぁ」

赤い車体の周りを嬉々として一周し、「いいなぁ、乗りたいなぁ。あっ、独り言です」と大きめの声で言いながら、綾梨紗はちらりと俺を見る。

「うーん……一時間くらいならドライブできるけど」

「ほんとですか。やったぁ」

記憶の中では、こんなにはしゃぐ綾梨紗を見たことはない。

「まだ俺以外、誰も乗せてないんだ。じゃあ、どうぞ」と俺は助手席のドアを開ける。

「本革のシート、ちょっと緊張しますね。失礼します」

「おいおい、正座で乗るんじゃない」

俺のツッコミに対しうふふと笑う綾梨紗だったが、今までこんなお茶目な仕草を見せたことはない。乗りたいと言ったことだって、以前なら自分の希望をストレートに口に出すことはなかった。今日は完全に綾梨紗のペースだな、と考えながら運転席へ移動する。

「海岸線にでも行くか？」

「はい、私も海を見たい気分です」

運転席の左にあるボタンを押すと、初めての昼間のドライブへの期待が込められているのか、いつもより大きなエンジン音を立てて俺の愛車は始動した。

俺たちは左手に海を見ながらのドライブと会話を楽しんだ。

俺が湖へキャンプに行く話をすると、綾梨紗も昨日、ピクニックで行ったとのこと。他にも何かと話が弾み、一時間はあっという間に過ぎた。市役所の前でいいと言うので、そこで車を停めた。

「すごく楽しかったです。ありがとうございました」

助手席で綾梨紗がペコリと頭を下げる。

「うん、楽しかったね」

少しの間、ラジオから聴こえてくる流行りの曲だけが車内を賑わせる。ふと、頭の中によぎった言葉があったが、誰かがそれをかき消した。

その様子を見ていたかのように、綾梨紗はかき消された言葉を俺の代わりに発した。

「あの、まきさん、連絡先、もう一度教えてくれませんか……」


綾梨紗が手を振り俺の車を見送る。

以前より明るく活発になった綾梨紗。少なくとも今日はそう感じられた。何かいいことでもあったのかな、と少々胸騒ぎのようなものを覚えつつ、俺はキャンプ場へ続く国道へ愛車を誘導した。

途中、スーパーに立ち寄り、食材を購入する。肉と野菜の他、七輪で魚も焼くつもりだ。キャンプ場に着いた後にすべきことを考えながら、鼻歌まじりに高い秋空の下を走り抜ける。

　十五時半を過ぎた頃、キャンプ場の管理棟横の駐車場に到着した。車を降りると、一瞬、眩しさに目を細める。西日を受け、これ以上ないほどに湖面がキラキラと輝いている。湖を抱くようにそびえる山の中腹に目をやると、何本かの樹木の葉が赤や黄色に薄く色づいていた。暫くその景色を堪能し空気を胸に吸い込むと、湿った空気の中に凛とした澄んだ空気が混ざっていた。俺は管理棟の木製ドアを押し、中へ入っていった。

　予約はしていなかったが、テントサイトには空きがあった。受付カウンターにいた老年の従業員にサイトの利用を申し込み、名簿に氏名を記入した。夏用のキャップを目深に被ったその従業員はこちらをろくに見ようともせず、ラミネートされた利用許可証を無愛想に俺に手渡した。少々不快に感じながら、管理棟内の売店を見て思い出したことがあった。ホームセンターに寄ることをすっかり忘れていたのだ。炭も用意していないことに気づき、それとガムテープを購入した。管理棟を出て「久しぶりのキャンプだからなぁ」と言い訳をしつつ、フリーテントサイトへ車を移動させる。

　フリーテントサイトは全て湖に近く、炊事場の周りには既に五組ほどの家族連れがテントの設営を終え、くつろいでいる。そこから少し離れたところをテントの設営場所として選択した。

「ここならゆっくりできそうだ」

車からまずテントを降ろし広げてみる。テントは処置の施しようがないほど破れていた。

「急に思い立ってキャンプに来たからなぁ」とまた独りで言い訳をしつつ、車で寝るしかないかと気持ちを切り替えた。湖面すぐ近くにタープを張り、その下に小さめのバーベキューコンロ、七輪、焚き火台を設置する。焚き火台で種火を作り、コンロと七輪へ移した頃、日はとっぷりと暮れ雲が夜空の大半を覆うと共に湖面には霧が立ち込め始めていた。

アウトドアチェアに座り缶チューハイのふたを開けると、ほとんど星が見えない夜空に向け独りで乾杯をする。酒は久しぶりだ。遠くからは家族で食事を楽しむ声が聞こえる。俺も負けじと、まずクーラーボックスからホッケの開きを取り出し、七輪に載せた。

大自然に囲まれながら炭火で調理された肉と魚介類を堪能し、珍しく酒も進む。他の客が食事を終えてテントに入った頃、俺は焚き火をしながら昔のことを思い返していた。

人間は死に際に走馬灯を見るかのような一瞬のうちに、それまでの記憶が脳裏に蘇るという。それは、記憶の中から生き残るヒントを探すためだと聞いたことがある。

俺は無意識のうちにそれに倣い、今後の人生に役立ちそうな何かを探していたのかもしれない。

テーブルに置いていたスマホが、ブーンという低い振動音と共に暗闇で光った。さっきダウンロードしたばかりのＳＮＳアプリを開くと、綾梨紗からのメッセージがあった。ドライブのお礼と、次の土曜日に食事をご馳走したいという内容だった。律儀なところは変わらないなと思うと共に、昼間の綾梨紗との会話を思い出し口元に笑みが浮かんだ。

「もしかして、綾梨紗も同じ気持ち……」と言いかけて強く首を左右に振った。

そんなはずはない、現に俺はもうすでに諦めたんだ、必死にそう思いながらも俺は少し悲しい感情を覚えた。

はぁとため息をつくと、いつの間にか辺りは濃霧に包まれていることに気が付いた。少し寒くなってきたのでスマホの明かりを頼りに車へ向かい、ジャンパーを着る。綾梨紗への返信の内容を考えながら焚き火のところへと戻った。

再び焚き火の炎を見つめていると、急に父親のことが頭をよぎった。決して思い出したくはないのだが、父の顔や会話をした記憶等が一切思い出せないこと、父が自分や母に対して行った仕打ちに苛立ちが募ってきた。

足元にあった石を湖の方向に向かって投げつけた。冷静さを取り戻そうとタバコに火を点け地面を見つめる。

次の瞬間、不意に、どこか懐かしさを感じる音色が聴こえた気がした。

同じ音を今日どこかで聴いたなと頭を上げ、ぎょっとした。尖った麦わら帽子を被り、深緑のローブをまとった老人が湖の方向から不意に現れたのだ。

「お主、無闇に物を投げるのは危ないぞ」

老人は持っていた釣竿を地面に置き、焚き火の前で胡坐をかいた。

「あの……」

戸惑いが心を占めていた俺は言葉が出ない。

「お詫びに、少し焚き火に当たらせてくれても良かろう」

老人が発する言葉には、どこか安らぎを覚えるというか、言いようのない不思議な心持ちにさせる魅力があった。そのせいもあったのか、この老人は怪しい人物ではない、俺はそう思った。

酒の酔いも回り少し寂しく感じ始めていたところだったため、俺は老人にあれやこれやと話しかけ、キャンプに来たいきさつまでベラベラと喋り出した。そして、今後どうしたら良いか、先輩として何か良いアドバイスはないかと冗談まじりに聞いた。

老人の細い目は、開いているのか閉じているのか分からなかった。もしかして、居眠りをしているのかと思い始めた時、老人は長い顎髭の上にある口を開いた。

「ふむ。そうじゃな……。わしは話し方でその者の性格や生き方について当てることができる。お主の心には常に霧が立ち込めておるようじゃ。そう、それはこの霧よりもはるかに濃いもの。お主は自分の本当の気持ちを隠して自分よりも他人を優先して生きてきたのではないかな？」

彼の言う通り、仕事もプライベートもそんな感じだ。それが俺の話し方に現れていたというのか。

「わしにはお主が本当は何をしたいのかが見える。それを教えることはできんが、胸に手を当ててよく考えてみたらどうじゃ？」

本当にしたいことは何か。この半年だらだらと生きてきて、結局、何の答えも出ていない。生きている意味を見出せずにいた。

本当にしたいこととは……？

七輪とその傍に置いてあったガムテープをぼんやりと見つめながら考える。

「お主に良いことを教えよう。どんな願いも叶う、不思議な呪文のことを」

どんな願いも叶う、本当にそんなことができるのか。

「ただし……」と老人は続ける。

酔いのせいか、それとも別の何かのせいなのか、頭がふわふわとしてきた。老人は、呪文を唱えるにあたっての注意事項とでも言うべきものを説明していたのだろう。しかし、朦朧とする意識で本当にしたいことについて必死に考えていた俺は、ろくに老人の言葉を聞いていなかった。

仕事を辞め半年間ゆっくりと今後について考えてきたが、まだ何も見出せない。

俺は疲れていたんだ。仕事をしていく上で何となく期待に応えられない自分に限界を感じ、半ば自暴自棄になり市役所を退職したんだ。俺は、この役所に多数いる、厚顔無恥の給料泥棒にはなりたくなかった。それに、最後の上司は部下のことよりも自分の保身しか考えない、他人に厳しく自分に甘い人間の典型だった。こんな奴の下でこれ以上働くのは無理だと思った。こんな奴が管理職をしている東湿野市役所など糞食らえだとも思った。全ては自分のわがままなのかもしれないが、とにかく次のステージへ進んだら何か変わるかもしれないと思った。仕事も恋愛も一旦諦め、半年間、やりたいようにやってきた。以前から欲しかった車も手に入れた。だけど、そこから先のことは見えなかった。今日まで何の答えも出せていない俺は……、俺は……、生きている意味があるのだろうか。


ホーホーというフクロウの鳴き声が聞こえ、ハッと意識が鮮明になる。

少し眠っていたのか、灰皿の上に置かれたタバコは最初の長さのまま灰になっていた。

老人の姿はなく、人が座っていた形跡もない。あの老人との会話は夢か、はたまた現実なのか判然としなかったが、今、俺の心にある決心は紛れもなく現実のものだ。

さっきまで周囲を包んでいた霧が晴れかけている。夜空を見ると星は完全に雲に隠れていた。

雨が降りそうだ。強烈な眠気に襲われた頭で俺は直感した。

俺はよろよろと立ち上がり、七輪とガムテープを手に取り、車に向かって歩き出した。

三連休三日目（月曜日）

救急車のサイレンが聞こえ、車の後部座席で目を覚ます。スマホを見ると朝七時三十分だ。少し酒の度が過ぎたか、昨日の記憶が曖昧だ。

綾梨紗からまたメッセージがきている。昨夜二十三時だ。

『まきさん。大丈夫ですか。ご迷惑でしたか』

『ごめん、疲れて爆睡していた。今度の土曜ならオッケーだよ』

断りの返事をするつもりだったのだが、綾梨紗の性格からして、いつまでも俺に借りを作っていると感じ心の負担になるのではないか、と何故か思い直したのだった。

車から出ると、ガラスについている水滴は朝露のせいではなかったのだと、地面の水たまりによって気が付く。

「結構降ったんだなぁ」

強かったと思われる雨音で目を覚まさなかった自分に改めて驚きを感じた。喉の渇きを癒すため、管理棟の自動販売機へ向かう途中、湖畔に設営したままのタープの様子を見る。雨に濡れた七輪とガムテープがタープから離れた地面に転がっていることに、少し疑問を感じながら再び管理棟へと歩みを進めた。

舗装された道の上を通っていくと、管理棟の傍に人だかりができているのに気が付いた。何事かと他の宿泊客に尋ねると、従業員の一人が倒れたとのことだった。

搬送される青白い顔をした従業員へ、野球帽を被った従業員が近づき声をかける。

「まきざわさん、しっかり。分かるかい?」

「まきざわ?」

救急車に乗せられようとしている人物は、昨日の受付をしてくれた従業員だろうか。

バタンと救急車の後部ドアが閉まる音がし、救急隊員が足早に助手席に乗り込むや否や走り去った。ようやく脳内で「まきざわ」=「眞気澤」という漢字変換が完了した俺は、野球帽の従業員の左肩を後ろから掴み、自分の方へ向き直させると同時に矢継ぎ早に質問していた。

「あの人、まきざわという名字なんですか。どんな漢字を書きますか」

突然のことに驚きを隠せない従業員。俺は野球帽の『公』というロゴマークを見ながら、慌てて手を放す。

「お客さん、一体どうしたんですか」

野球帽のつばに手をやり、少し平常心を取り戻した従業員が恐る恐る俺に尋ねる。

「自分もまきざわです。生き別れた父かもしれないんです」と言いながら、ポケットの財布から免許証を取り出し、その従業員に見せた。

「あぁ、その字ですよ」と従業員が言い終わらないうち、俺は次の質問を従業員に投げつけていた。

「下の名前は何と言います？」

「えぇと、テツ……、何だったかな、度忘れしてしまって……」

管理棟にある従業員名簿で確認しましょうと言いながら、その従業員は歩き出した。すぐに俺も後に続く。

眞気澤という名字は全国でも珍しい、しかも、名前の読みも途中まで父と合っている。もしかしたら、もしかするぞ。と思った後、俺は苦笑いを浮かべ、かぶりを振った。何故、今まで憎んできたあの男のことで、こんなにも興奮しているのだ。しかも、さっきはあの男のことを父親と言ってしまった。親戚とでもしておけば良かったか……。あれこれ考えているうちに管理棟へ着いた。

「場長だったら従業員の氏名もすぐに正確に答えられたと思うんですけどねぇ。救急車で一緒に行ってしまいましたから。えーっと、あった」

従業員が指さした先には「眞気澤徹三《てつぞう》」と書かれていた。

「父と同じ漢字です。顔は思い出せませんが……」

またしても、あの男を父と呼んでしまったことに、俺はやり場のない怒りを覚えていた。

「搬送先の病院に着いたら場長から連絡がくると思います。現時点ではどこに運ばれるか分かりませんねぇ」

搬送先が分かり次第、連絡をもらうというお願いをして、俺は踵を返した。濡れたタープを乾かしながら、俺はさっきの自分の言動が頭から離れなかった。

「俺は何がしたいんだ……？」

帰路の途中、あの男の素性を調べてどうしたいのか、今更関わる必要もないのではないかと、自問自答を繰り返したが、結局、答えは出なかった。自宅に着いた後もあの男のことで頭の中は一杯だった。

「東湿野へ帰ってきていたとは……」

　ふと、写真立てに飾られた成人式の後に撮った母と自分の姿が目に入った。

「母さんならどうするかな……」

　そんな考えが頭に浮かんだ直後、マナーモードにしてあったスマホが低い音を立てた。

　相手はキャンプ場の例の従業員だった。

「あっ、眞気澤さんですか？」

「えぇ」と短く返事をする。

「先ほど対応した兼木《かねき》と言います。今ね、場長から連絡がありまして、お父さんね、市立病院に運ばれました」

　分かりました、ありがとうございます、と言って電話を切り、頭の後ろで手を組みながら、再び、写真立てに目をやる。

「母さんならどうするかな……」

　あの男は、母と幼い俺を残し、とある女性と共に失踪した。その後、母は掛け持ちでパートに出た。パートがない時間は裁縫等の内職をして、少しでも金を稼ごうと寝る間を惜しんで働いていた。あの男は、失踪資金として借金までしていたのだ。そんな母の姿を見て、母の負担にならないようにと、俺は甘えたい気持ちを抑え少年期を過ごした。

借金返済中でも完済後でも、母があの男のことを悪く言っているのを聞いたことがない。心の中では恨み言を並べていたかもしれないが、息子の前では一切、悪口を言わなかった。

ただ一度、母があの男について言ったこと、それは、母とあの男は奈加別《なかべつ》小中学校の同窓生で、母は二学年下だったということ。高校は別々のところへ進学したが、高校卒業後、五年経って開かれた小中学校の同窓会で、母とあの男は再会し交際を始めたのだという。あの男と再会した時、「この人と結婚して幸せに暮らすの」と直感したと、内職の裁縫をしながら微笑み交じりに話していた母だったが、苦労が祟り、俺が二十歳の成人式を終えた二か月後、病床に伏し、間もなく息を引きとった。その直前の母が何かを呟いている場面が突然、俺の脳裏に蘇った。

俺は車のキーを手に取り部屋を出た。

市立病院へ向かう車中、母があの男の悪口を一度も言わなかったことについて考えていた。

全然、幸せじゃなかったじゃないか。それなのに、微笑みを浮かべ、あの男との馴れ初めを語っていた母。その姿を思い出すまでは、昨日までの俺は、「結婚」というものに対して、何ら憧れや願望も抱いておらず、むしろ、嫌悪さえしていた。これまで交際した女性とは、結婚観の違いにより別れたこともあった。

母とあの男との間には何とも言えぬ絆、揺るがない信頼感でもあったというのか。いや、そんなものがあるはずがない。あってたまるか。母に対して自分に対して、あれだけ酷い仕打ちをした男だ。倒れたことだって、きっと天罰が下ったに違いない。ベッドに弱々しく横たわるあの男を嘲笑うため、俺は病院に向かっているのだ！

自分が今とっている行動に対し、強引に理由付けをしながら、俺は病院の玄関に入った。ロビーに着くと、トイレから出てきた男性の姿が目に入った。キャンプ場のスタッフジャンパーを着ている。

「場長さんですか。眞気澤です」

息を切らしながらでなければ話せないほどに早足だった自分に少々戸惑いつつ、俺はその男性に話しかけた。

「あっ、どうも。坂見です。さっき医師から容態の説明を受けました。まぁ、座って話しましょう」と坂見場長がロビーのソファーに目をやった。

「テツさん……、お父さんの容態なんですが……」

「テツさんで構いません」

少々苛立ちを含んだ俺の反応に坂見場長はキョトンとしたが、すぐに話を続けた。

「重度の低体温症を起こしているとのことで、今、集中治療室に入っています。なんでも、長時間寒さにさらされていないと、こんな症状にはならないそうなんですがね。昨日の昼間はいつも通り元気そうだったんですが……」

「長時間？　寒さに？」

ナカンペ湖キャンプ場がある奈加別地区は奈加岳の麓に位置し、九月下旬と言えば夜中から明け方にかけて気温が一桁台になることも珍しくないという。

「昨日の宿泊客の話では、夜中からすごい雨になったそうで。あっ、眞気澤さんも宿泊されていたから大変だったでしょう？」

「ええ、まぁ……」

少し頬が赤らんでしまったのが自分でも分かったが、意に介さず坂見場長は続けた。

「もしかしたらテツさん、あの大雨の中で何か作業をしていたのではないかと……」

「二十二時の見回りを終えたら、業務は終了なのでは？」

「ええ、おっしゃる通りです。しかも、昨日はテツさん、日勤だから十八時で上がりなんです」

あの男が何をしていて倒れたのか、まったく見当もつかなかった。強いて言えば、俺がキャンプ場に行ったことによって、あの男に対する恨みが超常的な力を発揮し、あの男に意味不明な行動をさせた、などというオカルト研究者も驚く考えが一瞬脳裏をよぎったが、さすがに言葉には出せなかった。それくらいあの男が憎いんですよ、俺は。という心の声が口の端に現れていたかもしれない……。

「そうだ、肝心なことを伝えていませんでした。テツさん、とりあえずこのまま治療を続ければ命に別状はないだろうとのことです。少し待ってみますか。もしかしたら、家族の方なら面会……」

「いえ、結構です。今日のところはこれで帰ります。どうもお手数をおかけしました」

坂見場長が言い終わる前に俺は早口で答え、一礼するとロビーを出た。何故、俺があの男のことで頭を下げる必要があるのだと心の中は苦々しい思いで一杯だった。坂見場長に手間を取らせたのは事実であり、彼には何も責められるべき点はない、と頭では理解しているのだが……。

病院の玄関を出ると、空には重たい鉛色の雲が広がっていた。

平日（木曜日）

あれ以来、あの男のことを何となく考えては苛立つことを繰り返し過ごしていた。

面会した方が良かったか、いや、別にあの男がどうなろうが知ったことではない。今更、何だと言うのだ。しかし、母なら……。

思考の悪循環に陥った俺の苛立ちをなだめるようなタイミングで、綾梨紗からほんわかした内容のメッセージが届く。

そんなメッセージに助けられ平静を取り戻すが、暫くするとまた、あの男のことが頭の中に湧いてくるのだった。

何度目かの自分と自分のせめぎ合いをしている最中、見知らぬ番号から着信があり、恐る恐る電話に出てみる。

「眞気澤さんですか。あっ、恭弥さんですか。坂見です」

「……先日は、ありがとうございました。どうぞ、呼びやすい方で……」

ぶっきらぼうながらも、一応、お礼を言う。

「テツさんが一般病棟に移ったそうです。病室は三階のC―五だそうです」

「……ありがとうございます。今度、行ってみます」

多分、俺は見舞いに行かないだろう。いや、何かを恐れて行けないのかもしれない。

平日（金曜日）

東湿野市立病院、北海道の東のエリアでは唯一、総合的な医療を受けることができるこの病院は、東湿野市民をはじめ近隣市町村から通院する患者で、毎日ロビーは溢れかえっていた。病院の正面には広大な駐車場、西側には片側二車線の市道が通り、バスの便もよく、東側には入院患者の憩いの場となっている小さな森があった。

その森に面した病棟の三階、C—五病室に、昨日集中治療室から出たばかりの徹三がベッドに横たわっていた。

コンコン、静かな病室にドアをノックする音だけが響く。どうぞ、という徹三のかすれた声は、ノックをした人物には聞こえていなかっただろう。ゆっくりと静かにドアが横にスライドし、ナカンペ湖キャンプ場の黄色い蛍光色のスタッフジャンパーを着た人物がそろりと病室に入ってきた。

「テツさん、いいかい？」

やや小声で、その人物は病室の主に呼びかける。

「あぁ、場長。どうぞ」

少し乱れた息遣いで徹三が応える。

「短時間なら面会してもいいって聞いたもんだから。出勤前に寄ってみたさ」

「場長、この度はご迷惑をおかけしまして、すみません」

「なんも全然そんなことないって」

坂見は少々オーバーに胸の前で両手を横に振った。

「いやぁ、でも、良かった。テツさん倒れた時、本当みんな驚いて、心配してたのさ」

「本当にすみません」

「そんな改まるんでない。俺とテツさんの仲だべさ。ガキの頃はさ、おい坂見、飲み物買ってこい、なんてさ」

ハハハと懐かしそうに坂見が笑う。

「あの……、場長。私が倒れた日、他に変わったことはなかったですか」

「変わったこと?」

「えぇ……。他に誰か怪我をしたとか、倒れたとか……」

徹三の言葉はどこか歯切れが悪い、と坂見は感じたが、病気のせいだろうとも思った。

「いや、何もないよ」

「そうですか、良かった」と言いかけて徹三は口をつぐんだ。

「何か気になることでもあったかい」

「いえ、そういうわけでは。そうだ、仕事の方はどうですか。みんなに迷惑かけちゃって」

「いやぁ、なんもさ。みんなテツさんに良くしてもらっていたからね。恩田君《おんだ》なんてさ、僕が眞気澤さんの分も働きますよ、なんて張り切っちゃってさ。やっぱり人徳だよね。とにかく今は静養するのが大事だから」

徹三は、自分があのキャンプ場に戻ることはもうできないだろうと確信していた。

「人徳なんて、そんな、私には……」

少しの沈黙が流れた後、坂見が言った。

「まだ気にしてるのかい、あのこと」

徹三は黙って窓の方に目をやった。

「そうだ、テツさん。それで思い出した。あんたの息子さん、恭弥さんに会ったよ。何でも、テツさんが倒れた日、偶然にもうちのキャンプ場に来てたって。いやぁ、ビックリさ」

興奮気味に話す坂見に対し、徹三は静かに応えた。

「ええ……、知っていました」

「えっ、そうなのかい」と言って坂見は少し考え込んでから、ゆっくりと口を開いた。

「テツさん、あんたやっぱりあの儀式を……。恭弥さんのために何かお願いしてたのかい」

やはり坂見は気が付いていたかと、観念したように徹三はただ頷いた。

「なんでまたそんなことを、罪滅ぼしのつもりかい。いい加減もう自分を許してもいいんでないかい、テツさん。三十年以上前の話だよ。あの時の事情を話せばきっと恭弥さんも分かってくれるべさ」

再び興奮気味に話す坂見に対し、徹三もまた冷静に応えた。

「事情があったとは言え、私は自分のしたことは大きな過ちだったと思っています。これからも自分を許すつもりはないのです。もちろん、息子に許してもらうつもりも……」

はぁ、と坂見は大きなため息をついた。

突然、何かに気が付いたように慌てて徹三が言った。

「場長、あの儀式のことは、息子には黙っておいてください。この通り、お願いします」

せき込みながら上体を起こし、頭を下げようとする徹三を慌てて制し、半ば呆れた顔で分かったと坂見は言った。そして、徹三が再び横たわるのを介助しながら、「あんまり長居してもテツさんの身体に障るから、これでお暇するわ。また来るからさ。一応、看護師さん呼んでくるから」と軽く右手を挙げた。

病室を後にする坂見を、徹三は横目で見送った。ドアが閉まると暫くして、パタパタと廊下を小走りでこちらへ向かってくる足音が聞こえた。

週末（土曜日）

一昨日、昨日とあまり良く眠れていない。坂見場長からあの男が一般病棟へ移ったと聞いてから、俺は見舞いに行くかどうか悩んでいた。

行って何を話すのだ。そもそも、母と自分にひどい仕打ちをした男に対し、どんな顔をして会ったらいいのか。よしんば何かの拍子に俺の気が向いて、あの男の病室に行ったとしても、俺の口をついて出るのは恨みつらみの言葉だけだろう。お互いにつらいだけの時間を持つことに何の意味があるのか。

悩む度に、「見舞いに行かない」という結論は出ていた。しかし暫くするとまた、見舞いに行くかどうか考え始めてしまうのだった。

そんな堂々巡りの思考を、もう百回以上は繰り返しただろうか。また同じ結論が出たところでスマホが小気味よい短音を奏でた。綾梨紗からのメッセージだった。

退職後、痩せた俺を心配し、手料理を御馳走するという綾梨紗。毎日鏡で顔を突き合わせる自分でも分かるほどに、俺の頬に映る影は濃くなっていた。

メッセージの内容は、これから料理の食材を調達するために出かける、どんなメニューになるかはお楽しみに、というものだった。再会後、一日に数回送られてくる綾梨紗からのメッセージは、今から○○をします、というような行動報告が多かったが、不思議と煩わしく感じたことはなく、それどころか、俺が自分の考えに行き詰まった時や苛立っている時に、気分転換を促すかのように絶妙のタイミングで送られてきた。俺は手料理を楽しみにしている旨の返信をし、バスルームへ向かった。

綾梨紗が住んでいるマンションは、俺たちが再会したラーメン屋「美澄」の近所とのことで、引っ越しをしてからまだ三か月ほどしか経っていないという。詳しい住所を聞いたが、ピンとこなかったため、綾梨紗の家から徒歩で五分もかからないという地元発祥のコンビニ、ギョコーマートで待ち合わせをすることになった。そのコンビニは交通量の多い国道に面しており、片側二車線ずつの車道の上には長い歩道橋がかかっていた。途中、綾梨紗が好きそうなケーキを買った俺は、約束の十分前には待ち合わせ場所へと到着してしまった。建物の横に設置してある灰皿が目に入り、「一服して待つか」と車を降りた。ふと、コンビニの入口を見ると、ゆっくりと開く自動ドアを半身ですり抜けてくる、デニムジャケットにキャメル色のスカート姿の女性が目にとまった。

「まきさん。早いですね」

俺がやぁと右手を挙げるよりも一瞬早く、綾梨紗がビニール袋を片手に提げ駆け寄ってくる。

「あっ、まきさんが好きなベリーシュワ買ったのに、走っちゃいました」

ベリーシュワとは、俺がよく仕事中に飲んでいた、ビタミンが何種類か配合された炭酸飲料だ。これを飲むと、少々悪化していた体調も回復し、仕事が捗るのだ。この炭酸飲料にそういった効果があるという科学的根拠はないのであるが、自分の体感でしかないこの効能（言わば、一種のおまじないとでも言うべきか）を俺はよく周りの人間に話していた。

「ありがとう。それと、少し振った方が効くんだ」

できる限り真面目な雰囲気を醸し出し俺が言うと、「そうなんですか？」と綾梨紗が目を丸くする。

「そんなわけないじゃん」と俺は空中を手の甲で叩いた。意地悪とでも言いたげな、少し口を尖らせた綾梨紗に車に乗るよう促した。

「失礼します」

「いや、だから、正座で乗るんじゃないって」

綾梨紗はペロッと舌を出した。

俺の車は綾梨紗のナビゲートで彼女のマンションへ向け発進した。

建物のすぐ目の前に専用駐車場が付いているマンションに住んでいる綾梨紗は、運転免許を持ってはいるが、自家用車はまだ持っていない。アスファルト舗装の上に２０３と書かれた場所が、専用の駐車スペースだった。ダークブラウンの外装をした建物からはまだかすかに塗料の匂いがした。

「引っ越しを考えていた時に、丁度ここのリフォームが終わって空いていたんですよ」

二つある共同玄関のうち、建物に向かって右側の複層ガラスのついたアルミサッシを開けながら綾梨紗が説明する。コンクリートの階段を先に綾梨紗が昇っていくと、俺は慌てて隣に並び二階へと上がる。

「ジャーン。ここです、ここが私の家です」

綾梨紗はいそいそとドアの鍵を開け、「ちょっと恥ずかしいですけど、どうぞ」と先に玄関へ入った。

「お邪魔します」

女性の家にあがるのは随分と久しぶりだ。俺は少し緊張した面持ちで脱いだ靴を揃え、やや俯き加減で外装と同じくダークブラウンのフローリングを見ながら三メートルほどの廊下を進む。アロマキャンドルのものと思われるラベンダーの香りが俺の緊張を徐々にほぐしていく。リビングは天井・壁紙をはじめ、インテリアも白で統一されていた。ベランダへ出る大きな窓には、淡いピンクのカーテンがかかっている。

「へぇ、すごくおしゃれでいいね」

「ありがとうございます。母からアドバイスをもらいました」

いいねと何度も頷きながらリビングを見回す俺に、「料理の下ごしらえは終わっているので、仕上げちゃいますね。これ飲んで待っていてください。湯飲み茶わんないですけど」とクスクス笑いながら、綾梨紗がコップとベリーシュワをソファーの前のローテーブルに置き、テレビの電源を入れた。

「目ざとく見てるなぁ」

ありがとうに続けて、笑ってそう言いながら俺はソファーへ腰かける。炭酸飲料は開封すると徐々に炭酸が抜けてしまう。俺は極力それを防ぐため、職場にあった来客用の湯飲みにベリーシュワを注ぎ、残りが入ったペットボトルのキャップを力いっぱい閉めて保存しておくという方法で、この魔法の飲み物を楽しんでいたのだった。

「恥ずかしいので、料理しているとこを決して覗かないでくださいね」

「分かったよ。綾梨紗が鶴になって料理をしている姿は覗かないよ」

親指を立てた右手を綾梨紗に見せながら俺が言う。

「作るのが遅いので、むしろ亀です」

笑いながら綾梨紗は対面キッチンに立つと、紺色のエプロンを身に着け料理の仕上げを開始した。久々に飲むベリーシュワが、綾梨紗と机を並べて仕事をしていた時のことを思い出させる。

「あの、まき・ざ・わ・かっ、かか・りっ・ちょう。少々、聞き、お聞きしたいことが」

隣の席の綾梨紗が立ち上がると、半歩俺に近づき言った。

綾梨紗が入庁してきた時、俺が仕事を教える役目を担っていたのだが、つい何か月か前までは高校生だった綾梨紗にとって、係長という言葉は発音しにくいものだったらしく、しかも眞気澤という聞きなれない名字をその前につける、ということに随分苦労しているようだった。それが原因で敬語が上手く使えないのだろう。

当時、俺たちが所属していた職場には、俺の他にもう一人係長がいたため、単純に係長と呼ぶことは職場の他の人間も敬遠していた。綾梨紗のたどたどしい言葉遣いに何だか心を和まされつつ、俺は仕事の手を止め綾梨紗の方へ身体を向ける。

「うん。その前にちょっといいかな」と言いながら俺は綾梨紗に自席へ座るよう促す。綾梨紗は椅子に腰かけると、俺のネクタイのあたりを見つめながら言葉を待った。

「椀田《わんだ》さんも随分その呼び方に慣れてきたようだね。そんな時に悪いんだけど、俺、堅苦しいの嫌いだから、そうだなぁ……まきさん、って呼んでくれないか」

実際のところ綾梨紗の発音はまだまだだったが、ダメだから変えようというのは違うと思った。スムーズに発音できるようにと、彼女なりに努力はしているのだから。

庁内では俺のことを「まきさん」と呼ぶ人間はいなかった。親しい間柄の人間は、先輩であれば「恭弥」と呼び捨て、後輩であればそれに「さん」をつける。「眞気澤係長」が発音しにくい綾梨紗は、後輩なので普通は「恭弥さん」となるわけだが、ここ一か月ほど仕事で関わり、綾梨紗の性格を何となく分かってきていた俺は、名前で呼ばせるのは彼女にとってまだまだハードルが高いと思い、「まきさん」という、女性にも多い呼び方を提案したのだった。

「分かりました」

綾梨紗はほとんど表情を変えずに答えると、自分のパソコンの方へ向き直った。そして、キーボードを見つめながら、何かを繰り返し呟いている。

「あれ、俺に何か聞きたいことあったんでしょ」

ハッとした表情が綾梨紗の横顔でも確認できた。

「すっ、すみません。明日でもいいです」

「急がないならそれでもいいけど。朝一で聞かれたもんだから、てっきり……」

綾梨紗はまたハッとした表情を浮かべる。

「でっ、では、午後からでもいいですか。昼休み時間に練習をして」と言いかけ口をつぐむ。

「練習？」

俺は腕組みをして、綾梨紗が言った言葉の意味を考える。

「ととと、とにかく午後から、少しお時間を頂戴したい所存でござ……、えっと、お時間をいただきたく……いただけ、ますでしょうか」

いつもは落ち着いて話すように努めている綾梨紗が、しどろもどろになっているのを「可愛い」と思い、俺は必死に笑いをこらえた。そして、返事をする代わりに親指を立てて深く何度も頷いた。

その日の午後から、綾梨紗は俺のことを「まきさん」と呼ぶようになった。仕事上の疑問点を俺にぶつけ、理解を深めた綾梨紗はお礼を言うと、今度は俺に対してある提案をしてきた。

「あの、私、名字で呼ばれると緊張してしまうので、名前で呼んでいただけませんか？」

あの時の綾梨紗の真っ赤な顔は、今でも鮮明に脳裏に焼き付いている。

そんなことを思い出しながら、横目で綾梨紗が料理をする様子を見ていた。料理についてはずぶの素人である俺が見ても、随分と手際が良いと分かる。キッチンから漂ってくるかすかな匂いの中には、母が得意だったあの料理も含まれているのではないかと期待が膨らみ、俺は一気に空腹感を覚えた。

「お待たせしました」と、綾梨紗が二人掛けの白いダイニングテーブルに数種類の料理を並べる。

「嫌いなものはないって聞いていましたので、いっぱい作っちゃいました」

　本当は嫌いな食べ物はあるが、綾梨紗を悩ませることはしたくなかった。幸い、今日の献立に俺の嫌いなものはなかった。

「おぉ、肉じゃが。何年ぶりだろう」

　母が作ってくれたのを食べて以来、肉じゃがを口にしたことはなかった。

「まきさん、肉じゃが、好きなんですか？」

「うんうん、ですです」

　俺は「いただきます」と言うや否や、早速、まだ湯気の立っている肉じゃがを皿に取り、口に運ぶ。

「美味しい。これは旨い。懐かしい味だ」

　俺のリアクションを見て綾梨紗がほっとしたような表情を浮かべる。

「そう言えば高校の時、料理魔術研究会という何だかへんてこりんな部活動をやっていたって言っていたっけ？」

「覚えていてくれたんですね」

綾梨紗の表情がまたパッと明るく輝く。

「でも、へんてこりんと言うほどではありませんよ」

少し頬を膨らませる綾梨紗。やはり以前より感情表現が豊かになったと感じる。お互いの幼少期から高校卒業までの話、最近話題の芸能人の話など、色々なジャンルの話題に花を咲かせながら俺たちは会食を楽しんだ。

夕食後、ソファーに座り、テレビを見ながらくつろぐ。最近やっと酒を嗜むようになったという綾梨紗が俺に酒を勧めてきた。車を置いてタクシーで帰ることもできるが、酒はやめたと俺は嘘をついた。一人で飲んでもつまらないなと頬を膨らませる綾梨紗。何かの意図があるのかないのか、綾梨紗の心の内は分からなかったが、少し気まずくなったと感じた俺は「俺の酒が飲めないってのかー、って？」と努めて明るく言葉を発したが、綾梨紗はあまり笑わなかった。

時計は二十一時を回っていた。

「さて、もうこんな時間だし、そろそろ……」と俺が言いかけた時だった。

「ピロロポリルンッ」というどこかで聞いたことのあるような不思議な音と共に、綾梨紗が勢いよく立ち上がった。

思いもかけぬ綾梨紗の行動に、俺はハッとして彼女を見上げる。再び座ろうとする綾梨紗が、急に立ち上がったことで酔いが回ったのか、柔らかいソファーに足をとられバランスを崩し俺の方へ倒れ込んできた。その瞬間は、スローモーションを見ているかのような感覚になり、俺に抱き着くように倒れてきた綾梨紗を優しく抱きとめるのは造作もないことだった。

綾梨紗の長い髪の香りがふわっと漂い、鼻を心地よく刺激する。数秒か、いや数分だったのか、どちらともつかない沈黙が流れる。

「大丈夫……か？」

俺はカラカラの喉からやっと言葉を押し出した。

「まきさん……」

俺の胸に顔を埋めたままの綾梨紗が発した声は、ひどくか細いものだった。

「まきさん……、もう、居なくならないでください……」

「えっ、あっ、あぁ……」

何故、綾梨紗がそんなことを言ったのか、深く理解できないまま俺は頷いた。腕の中に感じる綾梨紗の温もりに、すっかり戸惑ってしまっていたのだ。

「まきさんがいないと……、寂しくて……。せめて、今日だけでも……、一緒に……」

最後の方は涙声でよく聞き取れなかった。後から考えれば、この時の綾梨紗の言葉は、シャイな綾梨紗が「好き」という単語を使わずに、必死に言った愛の告白だったのだろう。綾梨紗がそう言った後、俺は心の中が晴れ渡るような、何か不思議な感情が芽生えるのを感じた。そして、何かに支配されたかのように、頭の中にはこの言葉だけが浮かんでいた。

「じゃあ、俺もビール飲もうかな」

ぱっと頭を上げた綾梨紗の顔には笑顔が輝いていた。短めのスカートの裾を直しながら立ち上がった綾梨紗は、左手で涙を拭う仕草とともにキッチンへ駆けていった。

週末（日曜日）

昨日と同じ夢を見た。

俺は暗闇の中を走っている。ゆるやかな上り坂になっているると思われる、暗い道をひたすらに走っている。前方にかすかな光を感じ俺は目線を上げる。一歩一歩、確実に光に近づき、やがて俺は光の中へ入っていった。

「おはよーございます」

シャーッとカーテンを開ける音と共に、若い女の声が響いた。

目を閉じていても、俺の顔に光が当たっているのが分かる。目を開けると、見慣れない天井が現れた。すぐには事態が飲み込めなかったが、数秒の後、やっと状況を理解することができた。

「あぁ、おはよう」

わずかにかすれた声で応える。横向きになりながら、ゆっくりと上半身を起こし、自分の左前方のフローリングをぼーっと見つめる。

「まだ眠かったですか。朝ごはん作ったので食べてほしくて」

「ありがとう」

寝室のドアの前に膝を抱えるようにしゃがみ込み、上目遣いに俺を見つめている綾梨紗を視界の端に捉える。まだ寝ぼけ眼の俺が見つめ返すと、目を伏せながら綾梨紗が言った。

「まきさん、昨日のこと、覚えています？」

昨日のこと？　確か、ビールが足りなくなって、コンビニに行って、その後は……えーと……。

突然、その時の記憶が鮮明になる。コンビニまでの道中、俺は口笛を、綾梨紗は鼻歌で、何故か二人で童謡「森のくまさん」を輪唱していた。夜中なので車や人影はなく、俺たちの静かな輪唱と並んで歩く足音以外は、世の中から音が消えてしまったかのようだった。歩道橋の上に差し掛かった時、綾梨紗が急に立ち止まった。数歩離れたところで俺も立ち止まり、綾梨紗の方へ向き直ると、俺の口からは驚くほど自然に言葉が出た。はにかんだ笑顔を浮かべた綾梨紗も何かを呟き、小走りで俺に近づいてくる。俺たちはその場で何度もジャンピングハイタッチをした。

そうだ、そうなんだよ。俺はずっと綾梨紗に特別な感情を抱いていたんだ。綾梨紗のことがずっとずっと好きだったんだ。でも、年齢も離れているし、綾梨紗は俺を恋愛対象として見てくれないだろうと勝手に諦め、気持ちを押し殺していたんだ。

酒の力というのもあったかもしれないが、やっと、やっと言えたんだ。そして、綾梨紗もそれを受け入れてくれたんだ。

「あぁ、歩道橋の上でのことかな？」

「まきさん、私のこと、好きだって言ってくれました。付き合おうって。私、今とっても幸せです」

目を伏せたままの綾梨紗が答える。俺の目線からでは綾梨紗の小さな顔の全てを見ることはできないが、それでも笑顔だと分かる。

でも、コンビニに行った後の記憶がない。

視線を落としたまま数秒黙り込んだ俺を、再び見つめながら綾梨紗が言う。

「コンビニからの帰り道、ずーっとおんぶしてくれました。それで、まきさん疲れて、もう寝るって」

「そっ、それでさぁ……、俺がここで目覚めたってことは、一緒に寝た……んだよね？」

シングルベッドの上には、俺がついさっきまで頭を預けていたクッションと、それにピタリとくっつけるように置かれた真っ白な枕があった。

『黒髪の　残り香恋し　白枕』

違う。こんな時に俺は何を考えているのだ。

「はい。まきさんの寝顔、久しぶりに見ました。でもあれは職場の昼休みだったからなぁ」

うふふと嬉しそうに綾梨紗が笑う。

俺は昼食を済ませると大抵、自分の机に突っ伏し仮眠をとっていた。十分くらい目を閉じて休むと、その後の仕事効率が上がると、ある雑誌で読んだからだ。そう言えば、スマホのアラームと同時に目を開けると、慌てて顔を背ける綾梨紗の姿があったっけ。

「えっと、一緒に寝てさぁ、あの……」

「あっ！」と綾梨紗は俺が言わんとしていることに気づき、慌ててフローリングに視線を落とすと、左手の中指と人差し指の先を唇に当てた。

「別に……、何も……です……」

「そう……」

俺がほっと胸をなでおろすのを横目で見たのだろう。綾梨紗は口を尖らせて訴える。

「あーっ。何ですか、その顔は。ほっとしたような、手を出してなくて良かった、みたいな顔は。ほんとは私のこと好きじゃないんですかぁ？」

「いやいやいや、ごめんごめん。そういう意味じゃないんだってば」

「じゃあ、何ですか？」

怒った口調でも綾梨紗の目元は笑っていて、真っすぐに俺を見ている。

「大切にしたいから……」

「もう、そんな台詞で誤魔化して。さぁ、ごはん食べましょ」

そう言うと綾梨紗はぴょんと立ち上がり、羽が生えたような足取りで寝室から出ていった。

実際そうなのだ。さっき、俺の口から出た言葉は、それ以上でもなく、それ以下でもない、紛れもない本心だった。本当にただこの人を幸せにしたい、それだけを想っていた。

綾梨紗と再会してから何かが変わり始めている気がした。

「待てよ、これに似た感情は最近どこかで」

デジャヴではなく、どこかで実際にこの感情だけに支配されたというかすかな記憶があった。そして、次の瞬間、ふと思い出したことがあった。昨日、綾梨紗から聴こえたあの不思議な音のことだ。あれは、何だったのだろう。

そういったことを考えながら俺がベッドから降りると同時に、キッチンの方から悲鳴が聞こえた。俺は、瞬間移動でもしたかのようなスピードで、急ぎ駆けつけてみると、沸騰しすぎた味噌汁に驚いている綾梨紗がいた。

「大丈夫か、火傷した?」

「何ともないです。不意をつかれて、ちょっとビックリしちゃって」

「ふぅ、良かった」

俺はさっきよりも深く胸をなでおろした。

俺には豪勢すぎる朝ごはんが食卓に並ぶ。昨日の晩御飯といい、綾梨紗は本当に料理が得意なようだ。いただきますと胸の前で手を合わせ、まず味噌汁を啜る。

「うん、美味しい。沸騰したけど」

「良かったぁ。でも、沸騰したって、しなくたって私のお味噌汁は美味しいですからね」

少し頬を膨らませるという、最近お得意の表情を見せる綾梨紗。次の瞬間には笑顔に戻り、言葉を続けた。

「まきさんって、一言目は絶対褒めてくれますよね」

「ん、そうだっけ？」と惚けたが、今まで嫌と言うほど、部下や後輩の扱いが下手くそな人間を見てきていた俺は、まず褒めるということを心掛けていた。

「まきさんから仕事を教わっていた時もそうでした。私がやった仕事に対して一言目は絶対に褒めてくれました。早いねとか丁寧だねとか。その後に良くない点はどこか優しく的確に教えてくれました。私、とっても仕事しやすかったです。私が一番困っていた問題も解決してくれましたし、それ以外にも、えーと、とにかく色々助けてもらいました。だから、あぁ、最初に仕事を教えてくれる人がこの人で良かったぁって思いましたもん。まきさんじゃなかったら、私、今頃実家に戻っていたかもです。本当に良かったです」

黙々と食を進める俺を見ながら、綾梨紗は興奮気味にまくし立てた。当時の綾梨紗は喜怒哀楽をほとんど表に出さなかったが、たまに俺のジョークで笑わせることができた時は、心の中で何度も大きなガッツポーズをしたものだった。

「綾梨紗は褒めて伸びるタイプだって本能的に察知したのかな」と俺が笑う。

綾梨紗も「うんうん、ですです」と嬉しそうに答え、卵焼きを一切れ頬張る。

「ご飯食べたら、まきさん、お風呂入ります？」

「うーん、そこまで気を使ってもらうのはなぁ」とダシの効いた味噌汁が入ったお椀を口元に運びながら俺が言うと、

「一緒に入ります？」

綾梨紗の発した意外な言葉を聞き、俺は思わず味噌汁を噴き出しそうになる。

「冗談ですよ」といたずらっぽい表情を浮かべ、左腕を伸ばし俺の右肩を平手で軽く叩く綾梨紗。

「まったく、大人をからかうもんじゃないよ」

俺は少し頬を膨らませた。

「えーっ、何ですかそれ、あっ、私の真似？」

ハハハと俺が笑うと、つられて綾梨紗もクスクスと笑った。

ここ数日、俺を悩ませていた、あの男への対応のことも完全に忘れ、俺は綾梨紗と二人で楽しい朝食の時間を過ごした。

第二章　父との別れ

平日（月曜日）

八時。働いていた頃と同じ時間に家を出る。東湿野は公共交通機関よりも自家用車を利用する人が圧倒的に多い。愛車を通勤ラッシュの波に潜り込ませ、二十分かかって市街地をやっと通り抜ける。今度は車の列を反対車線に眺めながら少し進むと、黄緑色の建物が見えた。

俺は人生で初めてハローワークを訪れた。業務開始時間までには、まだ余裕があったので、車の中で少し考え事をする。昨日の夜、自宅へ戻った後、久々に勤労意欲が湧いている自分に気が付いた。とにかく、何か仕事をしたいと思っていた。考えるより先に身体が動き今朝早くから車へ飛び乗ったのだ。

これも綾梨紗のおかげなのか、それとも何か別の力が俺を動かしているのか。

本当のところは、綾梨紗と付き合うことになったが、俺は無職、綾梨紗は地方公務員だ。少し後ろめたい気持ちがあったのかもしれない。

どちらにせよ、綾梨紗との再会を境にやはり何かが変わり始めている。

窓の外を見ると、俺と同じ目的でここへ来たと思われる人たちが建物の玄関の方へ歩いていく。俺は車を降り、その人たちの後を追った。

週末（日曜日）

綾梨紗とランチの約束をしていた俺は彼女の家へ向け車を走らせる。先日、ハローワークへ向かった時と同じ道順だ。混雑する要因がなければ、十分弱で綾梨紗の家へ辿り着く。

インターホンを押すや否や玄関のドアが開き、綾梨紗が笑顔を出した。

「まきさん。どうぞ」

もしかして玄関で待っていたのか。

「随分早いお出迎えだね」

廊下を綾梨紗の後に続きながら聞いてみる。

「丁度、下駄箱の整理が終わったところで」

前を向いたままの綾梨紗が答える。

俺がソファーに腰かけると、ローテーブルにはまだ湯気が立っている紅茶が用意してあった。

俺たちは近所の洋食屋「どろ柳」で昼食をとることにした。店内にかすかに漂う油の香りが以前に一度訪れた記憶を呼び覚ます。

少し薄暗い店内を窓側へ進み、俺たちは席に着いた。

メニュー表を一通り眺め、五月雨集めのハヤシライスセットと岩にしみいるデミの濃いオムライスを店員に注文する。

「実は先週、ハローワークに通っていたんだ」

注文を終えたところで、俺は話を切り出した。

「えっ、そうだったんですか？」

テーブルの上に置かれたコップを両手で包みながら綾梨紗が言う。

「何だか、また働きたいという気持ちになってさ」

「まきさんなら、どんな仕事もできますもんね」

「そんなことはないけど。それで、前から興味があった分野でタイミング良く中途採用の求人があったんだ」

「良かったですね。あっ、もしかして、『美澄』？」

綾梨紗が白い歯を見せる。

「そうなんだ。マスターのあの豪快な湯切りに憧れてって、おい」とノリツッコミで応え、クスクス笑う綾梨紗に対して正解を話す。

「地元の林業系の会社さ。今度の水曜に面接を受けるよ」

次の週、平日（水曜日）

その会社は今俺が住んでいる黄陽町にあった。黄陽町は昔から林業が盛んで町の大企業と言えば林業関係がほとんどだった。その中で一番歴史のある角円《かどまる》木材株式会社の事務所の前に俺は立っていた。この辺りは林業関係の会社が事務所や工場を連ねている。

指定された時間は十一時十分。当然ながら俺の他にも受験者がいるのだろう。

美しい木目調サイディングを眺めながら自動ドアをくぐると、先日訪れたキャンプ場と同じ香りがした。広い玄関の中にある小窓の前に立ち事務所の中を覗き込むと、女性社員がこちらへ向かってくるところだった。久々に着たスーツに違和感を覚えながら用件を告げると、広い会議室へ通された。ここが受験者の待合室のようだ。

部屋には先客が一人、窓側の奥の方にポツンと座っており、俺はその隣のテーブルへ座るよう指示された。ロの字に並べられた長テーブルの天板や椅子の座板を見ると、市販のものではないとすぐに分かる。

やがて、先に面接を受けていた男性がコートを取りに部屋へと戻ってきた。部屋の入り口では先ほどとは違う女性社員が俺の隣に座っていた男性を呼んでいる。ガタッと大きな音をたて、その男性は急ぎ足で女性の方へ向かう。その様子を見てみんな緊張しているのだと俺はすっかり心がほぐれた。

黄陽町の林業の歴史やこの会社の沿革、事業内容等、それらを先週から徐々に学んでいた。面接は去年までの職場で嘱託職員を採用する際に面接官として多く経験している。雰囲気はよく知っているため、あがることはないだろう。俺は自分の順番が来るまで、想定問答を頭の中で繰り返した。

「次の方、眞気澤さん」

女性社員の凛とした声が俺だけしかいない待合室に響いた。どうやら俺が最後のようだ。はいと返事をし、ゆっくりと落ち着いて制服を着た女性の後へ続いた。

「面接会場はこちらの部屋になります。では、どうぞ」

軽く深呼吸をし、小会議室と書かれたドアを四回ノックすると、部屋の中からどうぞ、という清涼感のある声がした。

ドアノブを回し静かに開けると、正面に男性が二人座っているのが見えた。長テーブルに座っている面接官の一人は会社のホームページで見た人物、社長だ。もう一人は見た目の年齢から推察すると部長クラスだろうか。

マニュアル通りのやりとりで椅子へ座る。

「では、早速、採用面接を始めます」

部長と思われる男性は先ほどと変わらず爽やかな口調だ。

志望動機、長所・短所、趣味・特技などの質問があった。想定問答の通りだ。ここまでは順調にきている。

「この春までは、東湿野市役所で勤務されていたようですが、何故、お辞めになったのですか。差し支えなければお聞かせください」

やはり、この質問が来たか。先日からさんざん考えたが、良い答えは浮かばなかった。

「一身上の都合です。申し訳ありません」

俺は俯かずに部長の目を見て答えた。顔が一気に火照るのを感じる。

「そうですか」と部長は履歴書に目を落とし、次に社長の方を見た。

「社長から、何かございますか？」

「それでは私からいくつか質問します。あなたは市役所で色々な部署を回ってこられたようだが……」

社長の質問はこれまでに市役所で関わった仕事を主に三つ答えよ、とのことだった。

「私がやってきたことは大きく言って、一つです」

俺がそう言った時、社長の顔色が変わった気がしたが、俺は構わず続けた。

「他人が嫌がる仕事を進んで、時には押し付けられて、黙々とこなしてきました。他人が嫌がる仕事とは、主にある事業を実施するために一助となる補助金を国や北海道からもらうべく、膨大な申請書類を作成し、それを元に相手方からヒアリングを受け、場合によっては書類を作成し直すというものです。それだけでなく、市の財政当局へ事業内容を説明して補助金の採択・不採択時の財源内訳のシミュレーションを作り、議論を重ねます。その後、市長までの了解をとり、予算を勝ち取らなければなりません。そういった誰もが面倒だと思うことをやってきました」

相手の質問に対して、奇をてらった回答をするのは危険な賭けだ。そのことは重々承知していたが、俺は実際に自分が五か所の配属先でやってきたことを包み隠さずに話した。

「なるほど」

社長はペットボトルの水を一口飲んだ。

「次に、今まで仕事をしてきた中で、培ったものは何ですか?」

「仕事上における、同僚や後輩、部下とのコミュニケーションの取り方です。上司や先輩は、私が上手くコミュニケーションを取れなくても、相手が一日の長を活かしリードしてくれます。一方、後輩等に対しては私がその役目を担わなければなりません。まずその人が成し遂げたことを褒め、労ってから反省点や次に修正すべき点を説明します。多くの社会人はその生活の中で先輩や上司と付き合う時間よりも後輩等との付き合いが長くなるはずです。自分が上に立った時、先輩等はもう居ないのですから。それゆえに、私は後輩等の気持ちを害さないよう努めてきました。こういった考えは、私にとってもメリットとなりますが、その会社にもメリットとなるはずです」

俺は自分の信念というより、誰もが思っていてもなかなか実践できない理想論を述べると少し気恥ずかしさを覚えた。

しかし、俺は実際にそうやってきたのだから。

「分かりました」と言うと、社長は部長へ向かって頷いた。

「最後に何かそちらから質問や意見等はありますか？」

テーブルの上の腕時計をちらりと見ながら部長が言った。

「先ほど、退職の理由を聞かれた件ですが……」

もう全て正直に話してしまおう。ずっと心にしまっていたことを洗いざらいぶちまけよう。誰かに聞いて欲しかったが綾梨紗には言えないことを。

半ばやけっぱちになって俺は言った。

「市役所生活の全てに行き詰まりを感じ、特に上司との関係が引き金となり退職しました。上司は私が理想とする部下とのコミュニケーションを全く取れない人間でした。賞賛や労いはなく、根拠もなく覆される私の意見、そして命令、叱責、嫌味を毎日聞かされ、私の承認欲求は満たされることはありませんでした。次第に仕事も苦痛になり、感情を殺して日々を過ごし、何とか三月末まで耐え抜いて退職したのです。自分の我慢が足りない、考えが甘いのかもしれません。ですが、私にはまだ未来があります。次の仕事はそういう環境ではないだろうと信じて退職しました」

言い終わった後、面接官の二人は平静さを保ったままだったが、さすがに気まずさを感じずにはいられなかった。

「すみません。愚痴になってしまいました。以上です」

事務所を出てスマホを見ると、あと十五分で正午というところだった。

「やってしまった」と独り言を呟き、俺はそそくさと自宅へ戻った。

スーツのままソファーへ寝転がり、宙を見つめていると、昼休み中の綾梨紗から電話があった。

「まきさん。面接、どうでしたか？」

「ダメだね。余計なことばかり言ってしまったよ」

俺はまた、先ほどの気まずい場面を思い出していた。

「そうですか。でも、まきさんなら大丈夫ですよ」

「ありがとう。まぁ、明日までには結果が分かるみたいだから」

「大丈夫です。私、おまじないをかけたのできっと採用されますよ」

期待しているよと言って電話を切る。

「よし、切り替えよう」

俺は着替えると地獄の筋トレを開始した。


夕方、日用品や食料等を買って帰ってきた俺は面接のことを思い出し後悔していた。採用されたらやってみたいことが山ほどあった。製品の企画・開発から展示・販売、現場にも行って実際に樹木を伐採する等、本当に自分にとってはわくわく感しか湧かない業務内容だったのだ。何故もっと早く転職しなかったのか。何故面接であんなことを言ってしまったのか。嘘でも、自分を着飾って採用の可能性を上げるべきだったのではないか。

あの男の見舞いに行くべきかどうかと同じように、いつまでもずるずると引きずってしまう悪い癖が出ていた。

今度こそ諦めようと、季節は秋も中頃だと言うのに、俺は冷やし中華を作るため台所へ向かった。

慣れない手つきで胡瓜をピーラーで削っていると、ソファーに置いたままのスマホが光っていることに気が付いた。

ピーラーを片手に急ぎスマホの液晶画面を覗くと、角円木材からの着信だった。ため息をついてから通話ボタンを押す。

「はい、眞気澤です」

「角円木材の総務部長をしております、山元《やまもと》と言います。今日、面接をした者です」

電話でも分かる爽快感のある声、あの部長だ。

「あっ、本日はお時間をいただき、ありがとうございました」

誰もいない部屋でお辞儀をしてしまう。

「いえ、とんでもない。それで……」

「今回のことを教訓に、次回の面接で活かしたいと思っています。本当にありがとうございました」

山元部長が言い終わらないうちに俺は話を進めていた。

「ハハハ。眞気澤さん、そんなこと言わないでくださいよ。弊社はあなたを採用したいのです」

プルルルルッ。ピッ。

「まきさん、初めてまきさんから電話くれました」

一回目のコールで電話に出た綾梨紗の声が弾んでいる。

「そうだったかな、ところで今、大丈夫？」

「はい。帰ってきたところです」

綾梨紗は毎日、おはようのメッセージと帰宅したことを報告するそれをくれており（たまに昼休みもくれるが）、帰宅の報告を受けた俺はすぐに綾梨紗へ電話をしたのだった。

「採用になった」

「ほんとですか、おめでとうございます！」

綾梨紗の黄色い声が少し耳に突き刺さる。

「ありがとう。さっき、総務部長から電話があってさ。再来週から働いてほしいって」

「安心しました。私も丑の刻参りをした甲斐がありました」

「いや、それ、逆のやつだろ」

「あっ、すみません。でも、おまじないは本当にかけました」

おまじないか。一体どんなものなのだろう。

「じゃあ、綾梨紗のおかげだね。絶対、落ちたと思っていたから」

「私が社長だったら、絶対採用しますよ」

「それは、実力で採用するわけじゃないだろう？」と惚気てみる。

「えへへ。そうだ、早速、明日、お祝いしましょう。私、何か作りますよ。何でも言ってください」

誤魔化すように綾梨紗が言った。

「えっ、何だか悪いなあ」

「遠慮しないでください。かっ、彼氏のためなら当然です」

「じゃあ、大きなハンバーグ！」

子供の頃からお祝いと言えば母の作ったそれだった。

「うふふ。分かりました。楽しみにしていてください」

「明日、仕事終わりに迎えに行こうか。まっすぐ、買い物に行こう」

「いいんですか。そういうの憧れだったんです」

電話を切った後、言いそびれたことがあったことに気が付いた。採用連絡の電話で山元部長が言っていたことを思い出す。

「社長が眞気澤さんのことを気に入りましてね。それで、明日なんですが……」

明日十三時に角円木材の志月《しづき》社長と会うことになったのだ。

そこで粗相をしてしまえば採用の話はご破算だろう。社長が俺のことを気に入ったとは、今日の面接のどこに見どころがあったというのか。

複雑な気持ちから湧き出る苦笑いを浮かべながら、俺はスクランブルエッグが乗った冷し中華を頬張った。

平日（木曜日）

「里村です。再来週からよろしくお願いしますね」

昨日、面接の時に引率等をしてくれた女性社員が俺の前にお茶を置くと話しかけてきた。

「眞気澤です。こちらこそよろしくお願いします」

「私の直感が当たりました。昨日、お見掛けした時に社長が好きそうな人だって、何となく思ったんですよ」

お盆を胸の前に抱き、二十代後半と思われるその女性は言った。

「いや、まぐれですよ」と俺はわけの分らない返事をした。

俺が案内された応接室には、森の香りとこの女性からだと思われる香水の甘い匂いが漂い、それらは交互に俺の嗅覚をくすぐった。昨日は緊張のせいだろうか、甘い匂いは感じなかったが……。

そこへ山元部長が入ってくると、里村さんは一礼をして退出した。

「すみません、お待たせして」

「いいえ」と俺は立ち上がり、昨日の面接の件と採用のお礼を述べた。

「十三時過ぎには社長が昼食から戻ると思うので、その前にこの書類等へ必要事項の記入をお願いしようかな」

山元部長が差し出したのは自宅周辺の図面や家族構成等を記す書類、給与の振込先を記入する複写の小さな用紙等だった。

早速、記入を開始する俺に、部長は昨日と同じ爽やかな口調で話しかけてくる。

「昨日は内心、面食らいましたよ、眞気澤さんの受け答えに」

ハハハと笑う声も爽やかだ。

「すみません。舞い上がってしまったようで」

実際はそんなことはなく、言おうと思って言ったことだ。

「他の受験者と違って随分と正直に話すなぁと思ってね。社長も面白い奴だなって」

部長の口調が徐々に馴れ馴れしくなるが、少しも不快には思わない。

「はぁ、ありがとうございます」と言って良かったのかは分からないが、俺の口からはそれしか出てこなかった。

事務室の方がにわかに騒がしくなった。どうやら社長が戻ったようだ。

「では、社長室に行きますか」

はいと返事をし、俺はネクタイをきつく締め直した。

「失礼します。社長、例の眞気澤さんをお連れしました」

社長室の入り口で部長が呼びかける。

「うん、あぁ、どうぞ入ってもらって」

スーツの上着をハンガーにかけていた志月社長が振り返りながら応える。

山元部長が入室した後に失礼します、と俺も入り口で立ち止まり挨拶をする。

「どうぞ、掛けて」

見るからに柔らかそうなソファーへ座るよう促されるが、その前に立ち、先ほど部長へも言ったようにお礼を述べて深くお辞儀をした。

「まぁまぁ、座って」

年の頃は六十歳前後だろうか、白髪が大半を占めたくせ毛の社長は改めて俺に座るよう促してくる。

「はい。失礼します」とソファーへ腰を下ろすと、想像以上に身体が沈み込んだ。前かがみの姿勢を意識する。

「いやぁ、眞気澤君、わざわざ来てもらってすまないね。どうしても、採用前にもう一度話をしてみたかったのだよ」

社長も少し前かがみになる。

「率直に言って、昨日の君は本当に面白かった。他の受験者は我々の質問に対して、判を押したように同じ答えでね。君は、ストレートと言うか、何も隠さずに話しているなという印象が強くてね」

俺の目をまっすぐに見ながら、社長が昨日の感想を話す。

途中、また里村さんが飲み物を運んできていた。社長室は森と香水とコーヒーの強い香りが混ざり合う空間となった。

「砂糖とミルクは？」

社長がその二つを手に取り、俺へと差し出す。

「いいえ。甘いものは大好きですが、コーヒーはブラックに限ります。お気遣いありがとうございます」

「そうか。今のもちょっとした私からのテストだ。君にはやはり芯がありそうだな」と
コーヒーを美味そうに啜る。

「何と言うか、直感的なものかな。退職の理由というネガティブなことを君は正直にさらけ出し、そして自分には未来があるとポジティブなことも言っていた」

社長は斜め上の空間を見つめ、昨日の俺の発言を思い出しているようだ。

「そこに、ピンときたというかな。私もうちの会社には未来があると思っている。だから、この人物だ、と思ったわけだよ」

再び、コーヒーカップを手に持ち、俺と部長へも飲むように勧めた。

「いただきます」と俺はコーヒーを一口飲み、思わず「美味しいです。これは煎りたての豆ですか」という言葉が口をついて出た。

「ワハハハ。家内がほぼ毎日、朝早くから焙煎してな、それを私がここへ持ってくるのさ」

以前住んでいたアパート近くの喫茶店でよく飲んでいたコーヒーのことを思い出し、さっきの言葉が出たのかもしれない。

「本当に、君は面白いな。正直、志望動機は月並みだが、それは、実際に働いてみてから、やりたいことが見えてくるかもしれない。それと……」

社長は少し前へ身を乗り出した。

「うちも、色々と新規の事業を考えていてね。農水省が林業発展のためのプロジェクトをどんどん出してきている。民間事業者でももらえる補助金が増えてきているから、君の経験が役立つだろうと思ってね。我々は、君を必要としているのだ」

社長の言葉に、山元部長が頷く。

必要とされている。そうだ、最後の職場で俺は必要ない人間だと思うほど追い込まれていたのだ。今、目の前にいる人たちは俺を必要だと言ってくれた。

ふいに目頭が熱くなる。

「ありがとうございます」俺はかすかに涙声で感謝を述べた。

「うちより大きな会社はたくさんあるが、アットホームな雰囲気はどこにも負けないと思っている。君の前の上司のような人間はいない。もし、いたら私に言ってくれ。すぐに態度を改めさせるからな」

ワハハハと俺の涙声をかき消すように、社長はわざとらしく大きな笑い声をあげた。

「そして、ゆくゆくは山元君のように部下から慕われる管理職になってもらいたいとも思っている。君の言うように、管理職たるもの、部下の気持ちと会社の利益を考えた言動をとらなければならない。褒めるべきは褒め、叱るべきは叱る。自分の想いを相手にきちんと伝えなければならない。言わなくてもわかってくれるだろう、ではダメなのだよ。まぁ、家庭でも同じだがね」

再び、社長が大きな声で笑い、山元部長の肩をポンと叩いた。部長も、まいったなぁ、と言いながら白い歯を見せる。この二人を見る限り、アットホームという言葉は嘘ではなさそうだ。

「それでは、眞気澤君。やってもらいたいことはたくさんあるから、どうか一つ、よろしく頼む」

社長が頭を下げると、すぐに山元部長も続いた。

「こちらこそ、よろしくお願いします。ありがとうございます」

俺は慌てて、二人より深く頭を下げた。

玄関まで見送りにきた山元部長と里村さんにお辞儀をする。

「本当に、ありがとうございました。では、再来週からよろしくお願いします」

「こちらこそ。眞気澤君、最後にちょっと、いいかな？」

爽やかな声がした方を向き、はいと俺は少し身構えつつ返事をした。

「人も仕事も巡り合わせだから」と言った部長へ、里村さんも視線を向ける。

「前の上司のような人物に当たってしまったことも、そのことで市役所を退職したことも、何かの巡り合わせ。負い目に感じることはないよ。そのおかげで、と言っては変だが、我々は君と一緒に働くことができるのだから。それと、あのネガティブな質問に対して正直に答えた君は素晴らしい人間だと思うよ」

新緑の薫りを含んだ風が心を吹き渡るような感覚。俺はその余韻に浸り事務所を後にした。


「えーと、ひき肉とたまねぎ、それから……」

俺が手に持った、二十四時間スーパーと印字された買い物カゴの中身をあさりながら、綾梨紗がハンバーグの材料の最終チェックをしている。

「あっ、大根おろしを添えましょうか。大きなハンバーグなので」

なるほど消化をスムーズにするためか。

「わしの胃袋を気遣ってくれるのかい。優しい子じゃのう」

俺は綾梨紗の祖父になったつもりで冗談を飛ばす。

「はい、おじいちゃん。大根はこっちですよ」

便乗した綾梨紗は俺の手を握り生鮮コーナーへ歩き出した。

スーパーを出て俺の車まで歩く途中、綾梨紗はまた俺の手を握ってきた。

「本当はこうやって歩いて、商店街へ買い物に行くのが理想ですよね」

握った手を大きく振る。

「それはいい考えですけどね、車での移動が当たり前となっているこの街では、なかなか難しい理想ですねぇ」

少し照れていた俺は、わざと評論家のような口調で言った。

大根おろし、レタスとトマトのサラダ、ライス、そして、綾梨紗曰く五百グラムのハンバーグが乗ったワンプレートが、ダイニングテーブルに着いた俺の目の前に置かれた。

「すごい。想像以上だ」

記憶よりもずっと大きなハンバーグを見て、俺は感動に近いものを覚えた。

「まきさん、これ。昨日、ギョコーマートで買ってきました。お祝いだから、飲みますよね？」と、綾梨紗はスパークリングワインとグラスを二つ、ダイニングテーブルへ置いた。

珍しく今日は酒を飲みたい気分だった。昼間に志月社長と山元部長から言われた言葉が本当に嬉しかったのだ。

「おぉ、気が利く子じゃのう」

俺はうんうんと頷く。グラスに注がれた淡いピンク色の液体が涼し気な音をたてる。

「では、まきさん。採用おめでとうございます！」

「ありがとう、綾梨紗」

軽くグラスを合わせるとお互いワインを口にする。

「うん。今日の酒は格別に美味い」

「想像通り、飲みやすいですね。もう一本ありますから、どんどん飲んでください」

二口目を飲みながら、俺は親指を立てて返事をした。

「さてと、早速、ハンバーグを食べよう」

グルメ番組のように分厚い肉塊の真ん中にナイフを入れると、中から肉汁が溢れ出た。

「ちゃんと、焼けてますか」

「大丈夫」と言い、切り分けた熱い一片を箸で口に運ぶ。毎年、誕生日に食べた記憶が頭の中を駆け巡る。

「美味しい。お世辞抜きで美味しい」

口の中の熱さを上手に逃がしながら、俺は叫んだ。

うふふと笑いながら綾梨紗もハンバーグを頬張ると頷いた。満足の出来なのだろう。

俺は、今日の出来事を綾梨紗に聞かせながら一口一口、母が作ったものと同じ味を噛みしめたが、大根おろしの効果もあったのか、あっという間に思い出の料理は俺の胃袋へと消えた。

「ごちそうさまでした」

「お粗末様でした。でも、本当に、良さそうな職場ですね」

「うん。人間関係も仕事の内容も楽しそうだし、再来週が待ち遠しいよ」

「いいなぁ。私もまた、まきさんと同じ職場で働きたいです」

綾梨紗は本当に寂しそうな目をしている。

昼間の社長の言葉を聞いて、今日、綾梨紗に言おうと決めていたことがあった。

『自分の想いを相手にきちんと伝えなければならない。言わなくても分かってくれるだろう、ではダメなのだよ。まぁ、家庭でも同じだがね』

社長の言葉が頭の中でリフレインする。

「酔ったから言うわけじゃないけど」

「えっ？」

「改めて、綾梨紗、大好きだよ。付き合ってくれてありがとう」

綾梨紗は両手を口に当てて目を丸くしている。

「な、何ですか、急に……」

綾梨紗の顔も赤いが、俺はそれ以上なのだろう。

「まきさん、そういうこと、もう言わないのかなと思っていました。嬉しいです」

ダイニングテーブルの上を這うように、綾梨紗の手がそろそろと伸びてきた。俺はその白い手を取る。

「私も、大好きです」

一瞬だけ俺の目を見つめた綾梨紗の瞳が潤んでいる。

「えっ、何、俺、何か悪いことした？」

「ごめんなさい。ちょっと、感激しちゃって」

慌てて細い指で涙を拭う。

「柄にもないことを言って驚かせちゃったかな」

「本当に、嬉しくて。私、どんなことに対してもすぐ涙が出るんです。子供の頃は泣きむし綾梨紗、なんて呼ばれていました」

涙を拭いながら笑顔を見せる。

「へぇ、そうなんだ。一緒に働いていた時は気が付かなかったよ」

「だって、悲しいことはなかったですし……、むしろ、嬉しいことはいっぱいありましたけど、まきさんの前では感情を抑えていたというか……」

「へぇー。どうしてかな？」

俺はニヤリとした笑いを綾梨紗に向けた。

「もう！　この話はお終いです」と言い、赤い顔をした綾梨紗は食器を片付け始めた。

「手伝うから、後で聞かせて」

俺は自分が使った食器を持ち、キッチンへ向かう綾梨紗を追いかけた。

平日（金曜日）

朝七時、スマホのアラームを止めた俺は無理やりに上半身を起こし、頭と身体の覚醒を促した。綾梨紗の出勤準備の邪魔にならないよう、すぐに自宅へ戻ろうと考えていた。

ふと横を見ると綾梨紗もさっきのアラームで目覚めたようだが、まだ横になっていた。目の下あたりまでタオルケットを被り、おはようございますと言う綾梨紗。少し体調がすぐれないらしく、大事をとって有給休暇を取る、と何故か恥ずかしそうに言うのだった。

「なので、まきさん、ゆっくりしていってください」

俺は、アラームを一時間半後にセットし、再び、横になった。

九時。何をするにもゆっくりと動く綾梨紗。相当体調が悪いのだろうか、昨日ワインを飲みすぎたのだろうかと思い、俺は言った。

「コンビニで、朝飯買ってくるよ。お粥がいいかい？」

「……普通のお弁当で大丈夫です」

「そう、食欲はあるみたいだね。それならすぐ治りそうだ」

「……はい」

綾梨紗は苦笑いを浮かべた。

十四時。遅い昼食にパンケーキを焼くという綾梨紗が、料理魔術研究会でやっていたことを少し教えてくれるらしい。

「びっくりしないでくださいね……」と少し恥ずかしそうな綾梨紗。

「えっ、何が」

綾梨紗は目を閉じ、深呼吸をすると、何やら唱え始めた。

「古より冥界に息づく漆黒の炎よ、怒りと共に地の底から噴き上がり、灼熱を持って地表を焼き尽くせ」

目を見開くと「バーニング・サークル！」と叫びながら、綾梨紗はカチッとＩＨコンロのボタンを押した。黒いトッププレートに赤い円が浮かび上がる。

「なっ、何だ」

俺は身体の震えを抑えられなかった。

「まきさん、あの……」

「綾梨紗、俺は今、モーレツに感動している。俺は、そういうのが好きだ」

俺は綾梨紗の意外な一面に驚きつつも、趣味嗜好のど真ん中をえぐられた感動に打ち震えた。

「えへへ、良かったです。今度、包丁で切る時の呪文の詠唱も教えますね」

綾梨紗も随分と嬉しそうだ。

うん、と俺は力強く頷いた。

パンケーキを平らげ、リビングでくつろいでいると、坂見場長から連絡があった。先日、電話で話した時よりやや鼻声だと感じた。

「今さっき、病院から連絡があり、テツさんが亡くなったとのことです」

「えっ……？」

「十二時くらいのことだそうで。病院から何回か連絡があったのですが、私も山奥での作業に出ていたので電話に出られなくて、申し訳ありません」

「いや、そんな、坂見さんのせいではないですよ」

病院に連絡先を伝えていたのは、坂見場長だけである。実の息子である俺は、見舞いにも行かず、当然連絡先も伝えていなかった。

「病院からの話では、容態が急変し、間もなく息を引き取ったとのことで、私はこれから病院へ向かいます。恭弥さんも来てくれますよね。詳しい話もしたいので」

「……行きます」少しの間をおいて、俺は答えた。

電話を切り、ため息をつく。

「あの男が死んだってさ。入院していたんだ」

「あの男って……、お父さん？」

「うん。そう言えば、綾梨紗には言ってなかったな」

俺は一旦呼吸を整え、続きを話し始めた。

「俺が六つの時、あの男は母と俺を捨て、他の女と失踪したんだ。それ以来、俺はあの男のことを憎んできた」

俺は悲しみなど微塵も感じていないという口調で言った。

「実は知っていました」

「えっ？」

「まきさんが退職した後、暫くはまきさんに関する噂話で持ち切りだったんです」

「へぇー、そうだったんだ」

「その中でそういう話があって。別に、私は面白おかしく聞いていたわけじゃなくて、まきさんに会える手がかりが少しでも欲しくて……。ごめんなさい、こんな時に私の話なんて」

綾梨紗は少し顔を赤らめた。

全然気にすることないよと言いながら俺は出かける準備をした。

「ちょっと病院へ行ってくる」

金曜日の病院は混雑していた。ざわついたロビーを抜け、静かな階段を三階まで上がる。ナースセンターへ行き、訪問の目的を話すと、俺は地下の霊安室へ向かうよう指示された。

あの男、父が眠る六畳間ほどの部屋は線香の匂いで満ちていた。坂見場長の姿はまだなく少しのためらいの後、俺は父の傍へ寄った。

顔に白い布を被せられベッドに眠る父は、先日、キャンプ場で見た時よりも小さく感じられた。おりんを二回鳴らし手を合わせる。父の顔を見る勇気は出ず、ただ胸の前に組まれた手だけをぼーっと見つめ立ち尽くす。ベッドの脇に目をやると、大きな紙袋の中に父が最後に身に着けていたキャンプ場のスタッフジャンパーが丸めて入れられていた。

五分くらい経っただろうか、静かな地下の空間に階段を降りてくるいくつかの足音が響いた。部屋の入り口に目をやるとまず坂見場長の姿が見えた。続いて現れたのはあの時の野球帽の従業員、兼木さんと自分と同年代くらいの男性（後で恩田と名乗った）だった。

「あっ、恭弥さん」

三人そろって俺にお辞儀をすると、父を挟んで俺の向かい側に立った。場長がおりんを二回鳴らし、従業員たちと共に手を合わせる。そして白い布を取り父の顔を見つめた。

「テツさん、何で急に……、別れの挨拶くらいしてくれたって良かったっしょ……」

涙声の場長の言葉を聞き、「眞気澤さん……」と言いながら二人の従業員は顔をくしゃくしゃにし涙を流している。そんな三人の様子を俺は黙って見ていた。突然の別れに大の大人三人が涙を流すほど父には人望があったのだ。

別れの挨拶ではないが、俺と父が三十数年ぶりに言葉を交わしたのは客と従業員としてだった。あの時、父は俺に気が付いていなかったのだろうか。いや、俺が名簿に書いた名前を見て絶対に気が付いていたはずだ。だとしたら何故名乗り出てくれなかったのか。まだ後ろめたい気持ちがあったのだろうか。理由を聞いておけば良かった。と考えていると、いつの間にか部屋の入り口に年配の女性看護師が立っていた。

「この度はご愁傷様でございます。眞気澤さん、最後は全然苦しまず、安らかに旅立たれましたよ」

「そうですか」とハンカチで口元を押えながら場長が言う。

「あの、息子さんですか」

看護師に聞かれ、はいと顔を上げる。

「お悲しみのところ大変申し訳ないのですが、葬儀の手配を至急お願いします」と、何かの書類等が入った大きな封筒を俺に差し出した。

一瞬あっけに取られたが、すぐに気を取り直してそれを受け取ると、看護師は一礼し去っていった。

「意外と急かされるものなんですよ」と落ち着きを取り戻しつつあった場長が俺に言う。

母の葬儀の時は伯父が全ての支度をしてくれた。父の葬儀は誰が支度をするのだろうか。俺の心の内がわかったのか場長が懇願するように俺に言った。

「恭弥さん、お願いします。テツさんも我々ではなく恭弥さんに送り出してもらったら、安心して天国に……」

場長はまたハンカチを取り出した。

俺は一旦、綾梨紗のところへ戻ることにした。何故か無性に綾梨紗に会いたくなったのだ。病院から綾梨紗の家までは十分もあればお釣りがくるほどの距離だった。

場長たちも「今日のところは、これで」と各々の自宅へ向かった。さっき、場長から聞いた話を思い出しながら俺はハンドルを握った。

「病院の話では、テツさん末期の癌が見つかっていたそうで……。先週末に告知したそうです。今週から治療を始めていたようですね」

霊安室の椅子に並んで座った俺の方に、身体を四十五度向けながら坂見場長は言った。

父の死因はあの時キャンプ場で何かをしていたことにより体調を崩したからではなく、膵臓にできた癌による多臓器不全とのことだった。

「テツさんね、恭弥さんがキャンプ場に来ていたことを知っていたんですよ。でも、やっぱりね、名乗り出ることはできなかったんですよ。あの人、真面目だから、自分を許せないって」

ハンカチを握りしめた場長の手の甲にぽたぽたと大きな水滴が落ちた。俺は再びただ黙ってそれを見ていた。

「ただいま……」

俺はまたため息をつきながらリビングに入った。

「おかえりなさい」と言った後、綾梨紗が俺の顔をまじまじと見る。

「何？　顔に何かついてる？」

「いいえ、何も」

神妙な顔で綾梨紗が答えた。

「綾梨紗、身体の具合はどう？」

「もう、大丈夫ですよ」と頷く。「それより……」と綾梨紗が言いかけたところで、「良かった。俺、また後で病院へ行かなきゃ」と俺はソファーに座り、スマホを手に取る。一応、伯父にメッセージで父の死を連絡した。小さい頃から俺に何かと目をかけてくれた伯父は、自分の妹に苦労をかけたこと、その苦労のせいで妹が早逝してしまったことで俺以上に父を恨んでいた。

何度目かの深い息を吐き出し、俺は一服するために夕暮れのベランダへ出た。珍しく綾梨紗もついてきた。

タバコに火を点けた俺に綾梨紗が尋ねる。

「お葬式どうするんですか？」

綾梨紗とは逆方向の風下にふーっと煙を吐き出す。

「俺がやるよ。一応、父親だからな」

遠くを見つめ、俺は言った。

俺の左手をギュッと握り締めてきた綾梨紗の方を見ると、涙が一筋頬を伝っている。

「まきさん、本当はお父さんのこと許していたんですね」

俺は何も答えなかった。いや、答えられなかった。声を出すと大声で泣いてしまいそうだったから。

病院でも場長たちの悲しみの言動をただ黙って見ていた。何かを考えると大粒の涙が溢れてしまいそうだったから。

しかし、綾梨紗の顔を見たからなのか、遂に俺は涙をこらえることができなくなった。何故、涙が出るのか。あんなに恨んでいたはずなのに……。

涙の理由は何となく分かっていたが、今はまだそれを認めたくはなかった。

斜め下を向く俺の手の震えに気が付き、気を利かせてくれたのだろう、綾梨紗は握り締めていた俺の手を離し、そっと部屋の中に消えた。

一口だけ吸ったタバコは、もうほとんどが灰になっていた。

私も行くという綾梨紗に「今日は体調を整えてくれ」と言い残し、再び、病院へ行くと、父を迎えに来た葬儀社の男性が二人、すでにナースセンターの前で待っていた。二時間ほど前に、俺は坂見場長の知り合いの葬儀社に連絡し、色々と葬儀の支度を進めていたのだ。

上は深い紺色の作業着、下はスラックスという出で立ちをしたその社員から名刺をもらい、「急に対応してもらって、すみません」と俺は頭を下げた。

「いいえ、とんでもありません。ご不幸はいつも突然ですから」と言う葬儀社の社員と、先ほどの年配の看護師と共に地下へ降り、霊安室へ続く廊下を無言で歩く。前方のエレベーターが開き、ストレッチャーのようなものを押した紺色の作業着が目に入った。葬儀社の社員たちは父に向かって手を合わせると、手際よく父をストレッチャーに寝かせる。エレベーターで一階にあがり、裏口にまわしてあったワゴン車へ父を乗せると、「では、後ほど」と一礼し父と共に斎場へと向かった。

暫くの間、俺の斜め後方で父を見送っていた看護師が口を開く。

「そう言えば、眞気澤さんが最後におっしゃっていました。生きなきゃダメだ、と。もう少し長生きしたかったのでしょうね」

俺は何故かその言葉は父が俺に向けて言ったものだと直感した。

看護師に深々とお辞儀をし、斎場へと向かう。丁度、帰宅ラッシュの時間にぶつかり、通常であれば車で十五分ほどの道のりを十分ほど余計に時間をかけ俺は父の元についた。

事務所を訪ねると小さな和室へ案内され、すでに父はそこで寝ていた。父の前に置かれた線香立てには社員が供えたのであろう線香が一本、細い煙を天井に向かって吐き出していた。

俺も線香を供え、父の顔をまじまじと見た。あの看護師が言った通り、さほど苦しまず旅立ったのであろう。非常に安らかな顔をした父を見て、子供の頃に見た笑顔やいびきをかく寝顔が蘇った。

暫くすると葬儀社の社員に先導された僧侶がやってきて、部屋の入り口で俺と父に一礼をした。お盆やお彼岸で顔を合わせる、母の菩提寺の僧侶だ。あぐらをかいていた俺は正座し、深々と頭を下げた。

読経が始まり、俺の目の前の畳に焼香台が置かれた。太く力強い読経を聞きながら焼香の煙を見ると、この数日間、考えてきたことや思い出したことが脳裏をかけめぐった。

母の最期の言葉は「あの人を……お父さん、許してあげて」だった。

父のことで一番苦労をしてきた母がそう言った時、俺は心の中では父を許していたのだった。一方、伯父と話をする時は「あの男を恨んでいる」という意地っ張りの俺が出しゃばってきて、父を許していた心をどこかへ追いやってしまっていたのだ。

やはり、面会に行くべきだった。最後の最後まで意地を張り、そして今はこんなにも後悔をしている。またしても溢れ出た涙の理由を俺はやっと認めた。

末期癌に侵され、残り少なくなっていたであろう父の人生の最期の何日か前に、偶然にも父と再会できたのも何かの導きだったのだろうか。

せっかくの導きがあったにもかかわらず、俺はそれを無駄にしてしまった。母の死以来、こんなにも泣いたことはなかった。

やがて読経がやんだ。

僧侶が俺の方へ向き直りお悔やみを言うと、その後にこう続けた。

「先ほど聞いたのですが、あなたとお父様は長らく音信不通だったとか。詳しい事情は聞いておりませんがね。それでも、こうして最期に仏様の元への旅立ちを最愛の息子さんに見送ってもらえることになった。これはやはりお父様が積んでこられた徳によるものでしょうな」

「ありがとうございます」

俺は泣き顔を僧侶に見せないよう俯いたまま答えた。

「現代においては、少し早いのかもしれませんが、請われて仏様の元へ旅立ったのでしょう。それと、この安らかなお顔を拝見しますと、お父様の人生の目的は充分に遂げられたのではないでしょうか」

僧侶は穏やかに続けた。

父の人生の目的とは一体何だったのだろうか。俺はぼんやりと考えていた。

「失礼ながら、お父様は仕事で大きな成功を収めたとか、そういう方ではなかったと推察しますが」

「ええ、そうです。金儲けよりも豊かな自然を守るとか、その素晴らしさを伝えるとか、そういう方面に興味があったと記憶しています」

子供の頃に父から聞かされていたのであろう、父が語った夢を俺は自分でも驚くほどすらすらと口にした。

「そうですか。やはり、お父様はそういうお人でしたか。大きく言えば地球のため、我々人類のためを想って生きていらっしゃった。少なくとも自分より他人のことを大切に考えていらっしゃったのですね」

自分より他人のことを？　つい最近、俺も誰かに言われた気がする。

「ですから、たとえ離れていても、お父様はあなたのことをいつも大切に想っていたはずです。それは仏様の元へ行っても同じこと。そのことを忘れずにこれからの日々を精一杯生きていくことがお父様へのご供養になるでしょう」

「はい、ありがとうございます」

先日までの俺であれば、そんなはずはないと反発していたことだろう。今は何の疑いもなくこの僧侶の言葉を受け入れる俺がいた。

再び僧侶は父の方へ向き直ると、念仏を唱え頭を下げた。立ち上がった僧侶は父の顔を見つめ最後にこう呟いた。

「そうですか、息子さんのために……」


葬儀社の社員と共に斎場の玄関まで僧侶を見送る。時計の針は二十時を示していた。

ロビーに戻った俺を社員が長テーブルへと案内した。

「この後は我々がお父様を見守らせていただきますので、今夜はご自宅にお戻りください。それで明日以降のことですが……」

通夜と告別式の段取り、香典返し、火葬の手続き等々について詳細を決め、俺が斎場の玄関を出たのは二十一時半を回っていた。駐車場の車の中でまず坂見場長へ電話をし、通夜・葬儀等の時間を伝えた。父以外のキャンプ場の従業員十二名へは場長が連絡を担ってくれるとのことだった。

その後、綾梨紗に電話をかけた。メッセージでも済む話だったが、遅い時間にもかかわらず俺は綾梨紗の声が聴きたくなった。一回目のコールで綾梨紗が応答した。

「まきさん、終わりましたか？」

「ごめん、こんな時間に。準備は無事終わった。この後は自宅へ戻って明日に備えるよ。綾梨紗も体調を整えて」

そうですか、分かりましたと少し残念そうな綾梨紗の声が返ってきた。

「明日なんだけどさ、通夜は十八時から北峰斎場で。来てくれたら嬉しいな、迎えに行けないけど。ごめんな」

「そこは気にしないでください。絶対行きます」

お互いにおやすみと言って電話を切る。

俺はまた伯父にメッセージを送るため、ＳＮＳアプリを立ち上げた。予想はしていたことだが、今のところ先ほど送ったものへの返信はない。場長へ連絡したのと同じ内容を入力し送信ボタンを押した。

ふぅ、と息を吐き駐車場を見回すと、社員の車の他には俺の車が一台だけだった。仮通夜とはいえ、参列者は俺ただ一人。俺が父の傍で、自分の本心と向き合えという天啓だったのだろうか？

週末（土曜日）

次の日、朝一番で坂見場長から電話があった。キャンプ場の従業員全員への連絡が済んだことを律儀に報告するものだった。また、遺影に使う写真のデータを葬儀社へ送ったと言って場長は電話を切った。

ＳＮＳアプリを起動すると、一通の受信があった。綾梨紗からおはようのメッセージだ。伯父からの返信は当然のようになかった。

シャワーを浴びながら、俺は今日の予定を整理していた。まずは市役所で火葬許可証を発行してもらう手続きだ。土曜日の窓口は必要最低限の人数での勤務だから、顔見知りに会う可能性は低いだろう。出会ったとしても逃げるように退職したことについてはもう引け目を感じてはいない。新聞のお悔やみ広告は……、そうだ、葬儀終了の広告にすることにしたんだ。

十四時からは湯かんの儀で、その前の十三時半にロビーで場長と待ち合わせ。十五時に納棺だったなとバスタオルで髪を拭きながら考える。

十時に家を出た俺は、まず父の顔を見に斎場へ向かった。秋晴れの道を車で十分ほど進む。葬儀社の事務所と父へ挨拶をし、すぐに市役所へ向けて車を走らせる。やがて懐かしい鉛色の庁舎が見えた。

火葬許可証発行の手続きは淡々と終わり、無事にミッションを成功させた報酬というわけではないが、俺は「美澄」に向かった。あのガタつくガラス戸を開けると、いらっしゃいという言葉の代わりに「おう、恭弥」という声が聞こえた。

マスターに手をひらひらさせ券売機へと向かう。あの頃はいつもこんなやり取りをしていたなと懐かしく思い出す。カウンター席へ座ると、食券を受け取りながら待ちかねたようにマスターが話しかけてきた。

「今日はあのお嬢ちゃんはいないのか？」

「ええ、俺一人ですよ」

俺はとぼけたように言った。

「ふーん、そうか」と手際よく太麺を熱湯に入れる。

「で？　どうなった？」

「何がですか？」

俺は内心ぎくりとしたが、平静を装った。

「とぼけるなよ。あのお嬢ちゃんとのことだよ」

ニヤニヤしながらマスターがカウンターの方へ身を乗り出す。

「別に……」

何故、不機嫌に誤魔化したのか自分でもよく分からなかった。

「そうかい」

宙を見上げ、鼻から息を吐き出したマスターは、湯気を上げる寸胴鍋の前へ戻る。熱湯の中で踊る麺を鋭い目で見つめながらマスターが言う。

「この半年ばかり、うちの店の周りをよくウロウロしてたんだぜ、あのお嬢ちゃん」と今度は鋭い目を俺に向けた。麺が茹であがり、熱湯からアルミ製のテボを引き上げるマスター。そのままあまり広いとは言えない厨房の端まで下がると勢い良くダッシュし、「はっ！」というかけ声と共に小太りの身体を宙に浮かせる。着地と同時にテボから湯気を含んだ水滴が厨房の排水溝へ落ちた。

カウンター席に座った時に見ることができる、マスターの豪快な湯切りを俺は懐かしく見つめる。盛り付けをしながらマスターがまた俺に言った。

「お嬢ちゃんはな、絶対、お前のことを捜していたんだよ。健気だよなぁ」

二席離れてカウンターに並んでいたカップルの視線を感じる。

綾梨紗がそんなことを？　そう言えば昨日、俺に会う手掛かりを探していたとは言っていたが。

へい、お待ち、と熱々のどんぶりがカウンターに置かれる。

「チャーシュー一枚おまけな。俺からのエールだ、頑張れよ」

ガハハハといつものように笑うマスター。

「あっ、ありがとうございます」

俺はよく分からない照れ笑いを浮かべていた。

十三時過ぎに俺は斎場へと戻ることができた。事務所へ行って火葬許可証を社員へ預け、すぐさま父の元へ向かう。今朝ほどはなかった、帽子を被りスタッフジャンパーを身に着けた父の遺影が飾られていた。

失踪前、父は森林組合の職員だったと聞いていたが、働いている姿を見たのは先日のキャンプ場の従業員としての父が初めてだった。活き活きとした笑顔をした父が黒い額縁の中にいた。線香を供えた後、ロビーへ向かうと、自動ドアの前に既に喪服に身を包んだ坂見場長の姿が見えた。

俺より頭一つ身長の高い場長を父の元へ案内する。父への挨拶をすませた坂見場長が、生前父が愛用していたものを、持っていた紙袋から取り出した。

「時間がなくて職場にあった物ですが。これがいつも被っていた帽子、この写真の帽子ですね。それからこのライターとネイチャーガイドをする時のリュックサックとトレッキングシューズです」

「父はネイチャーガイドをやっていたんですか？」

「ええ。テツさんが奈加別に戻ってきたのが八年前ですが、少なくともその時からガイドをやっていました」

自然が好きだった父は失踪後、主にそういったことを生業としていたのだろうか。そしてひっそりと故郷に戻り、そこでも大自然の素晴らしさを多くの人に伝えていたのだろう。

「本州からの観光客には大好評でしてね。天職といいますか、テツさんはガイドが本当に上手だったんです」

ねぇ、テツさん、と場長が寂しげな表情で笑った。昨日の僧侶とのやり取りが少し頭をよぎった。

「恭弥さん、形見にどれか取りますか？」

父が天職で使っていたものは天国に持っていって欲しいと思った。

「では、これを」

俺はよく手入れされたジッポーライターの蓋を上げ、ホイールを回した。炎の中に父の笑顔が見える気がした。

納棺の儀を終えた父は、花輪や供物が並んだ小さめのセレモニーホールの祭壇へ安置された。祭壇は奈加別の大自然をイメージしたものらしく、それを見た場長はハンカチで涙を拭った。通夜まではまだ時間がある。俺と場長は建物の外の喫煙所へ向かった。

昔からある銘柄のタバコを一口吸うと場長が切り出した。

「今日、改めて思いました。恭弥さん、あなたやっぱりテツさんの息子ですね。よく似てらっしゃる」

「はぁ、そうですか」

俺はどちらかと言えば、母親似だと言われてきた。

「胡坐のかき方とか、そう、ライターを使う時の手の仕草とかね」

どちらも、父の仕草を見た記憶はないのに不思議なものだなと思った。

「私とテツさんは奈加別の幼馴染みでして、テツさんは私の二つ先輩でね、よく一緒に悪さしてましたわ」

また、場長が寂しく笑う。

「その頃からテツさんは自然が大好きでね。ネイチャーガイドをやる時は子供が大好きな物の話をする時のように活き活きとガイドをしていましたよ。だから上手かったのでしょう」

俺に自分の夢を語ったであろう時も父はそういう感じだったのだろう。

場長が円筒型のスタンド灰皿でタバコの火をもみ消しながら続ける。

「ところで、あの晩、テツさんが何をしていたか分かりましたよ」

あの晩とは父が病院へ搬送される前の夜のことだ。

「テツさんは、恭弥さんには内緒にしてくれと言っていたんですが」

場長の言葉が一瞬澱むが、すぐに次の言葉が俺の耳に流れてきた。

「恭弥さん、『アシムカエの儀式』をご存じですか？」

俺はかすかに聞き覚えがある気がして首を傾げた。

「奈加別出身の古い人間なら大抵知っているのですが」と二本目のタバコに火を点けた場長が『儀式』の説明を始めた。

場長の話の概要はこうだった。

九月の下旬あたりにしか発生しない濃霧の中、ナカンペ湖へ石を投げ込むと、神様が現れ願いが叶う呪文を教えてくれる。

神様とは夢か現実か分からないが、俺が出会ったあの老人のことだろうか。そんなことを思いながら俺も二本目のタバコに火を点け口を開こうとした瞬間、場長の話は続いた。

「全部は覚えていないんですが、その呪文を唱えるにあたっては色々と制約があったはずです。うまい話には大体リスクがあるものですよ。ですから私は儀式なんてやろうとは思いませんけどね」

思わず、唾をのみ込む。呪文とはどんなものなのか。俺も何かを願い、呪文を唱えたのだろうか。全く思い出せないが、唱えたとすれば一体、何を願ったのか。そして、そのリスクとは？

「でもテツさんは恭弥さんのために何かを願った。多分、自分はもう長くは生きられないと分かっていて、リスクのことは度外視したのでしょう」

場長の言わんとしていることは鈍感な俺も理解できた。

父は俺と母を捨てたことを今でも後悔しており、亡き母はともかくとして俺のために『儀式』を行ったのだ。『儀式』の件は別としても、ずっと自分のしたことを悔やんできた父を、テツさんを許してあげて欲しい。黙り込んだ場長の想いに対し俺は答えた。

「ええ、俺はもう父を恨んでいません」

「そうでしたか、それは良かった。でも、テツさんに直接、聞かせてあげたかったですね」

喫煙所を離れ建物の玄関の前を通った時、一台のタクシーが停まった。開いたドアから車中に目をやると、綾梨紗が運転手からお釣りをもらう様子が見えた。

俺はそのままタクシーの横で待った。やがて車から降りる最中に俺に気づいた綾梨紗の笑顔が見えた。

「まきさん、あっ、ごめんなさい」

明るい声を出した綾梨紗は慌てて自分の口を押える。

俺は構わないよという表情で首を横に振る。親戚だと思ったのか、綾梨紗は俺の後ろにいた坂見場長に会釈をした。

「綾梨紗、来てくれてありがとう。随分、早いね」

「はい、お邪魔かなとも思ったんですけど、これ」と綾梨紗は中身がパンパンに詰まった小さな紙袋を俺に手渡した。

「お腹空いてるかもと思って、おにぎりです」

「美澄」の濃い味のラーメンを食べたとは言え、俺の胃袋はもう空っぽになりかけていた。ありがとうと言って受け取る俺の様子を見ていた場長は、一足先に玄関の自動ドアをくぐっていった。

受付を済ませた綾梨紗を先導し祭壇へ向かう。横に三脚並べられたパイプ椅子が六列、親族席と弔問席にそれぞれ配置されていた。俺は親族席の一番前のパイプ椅子に腰かけ、線香を供える綾梨紗の様子を眺めた。

父の遺影を見つめていた綾梨紗が何かに気づき俺に視線を送るが、すぐに父に向かって手を合わせた。一分ほど手を合わせていた綾梨紗と共に親族控室に行く途中、さっきのことを尋ねる。

「まきさん、私、お父さんに会ったことあります」

「えっ、どこで」

「高校の修学旅行です」

和室の畳の上、背の低い長テーブルの前に敷いた座布団に姿勢よく正座した綾梨紗は、父と出会った時の話を聞かせてくれた。

綾梨紗は高二の時の修学旅行で東北海道を訪れていた。一通り観光地を巡った後、ガイドの案内で奈加別地区の雄大な自然を体感する行程があったという。その時、綾梨紗のクラスの担当ガイドが父だったというのだ。

「澄んだ空気、キラキラ光る湖と広大な森林、そして、そこに生息する多数の動植物。それらの中にはここでしか見ることができない天然記念物もいると、ガイドさんは相当熱心に語っていました」

納棺の儀の前に場長が言っていた、天職であるガイドをしている父の姿が脳裏に浮かぶ。

「ガイドさんの言った通り、奈加別の素晴らしい自然を五感で楽しむことができて、本当に感動したんです。今すぐここに住みたいって思ったんです。ガイドさんにもそのことを伝えたら、奈加別や東湿野にはまだまだこんな魅力もあるから是非おいでって、その後二十分くらいお話ししていました」

うふふと綾梨紗は笑ったが、またすぐに自分の口元へ手をやった。

歓迎会の時の挨拶で綾梨紗が大自然に憧れて東湿野へ来ました、と緊張した面持ちで言っていたことを思い出した。

「私が東湿野市役所に入庁するきっかけを作ってくれたのがそのガイドさん、まきさんのお父さんです」

父が俺と綾梨紗の出会いのきっかけを作ってくれた。

綾梨紗と出会った時はまだ恨んでいた（と思っていた）父が奇しくもそんなきっかけを作ってくれていた。すでに父を許していたのだと気が付いた次の日にそんな話を耳にするという、何とも言えない巡り合わせに少ししんみりする。

「そうか。すごい偶然もあるものだね」と何とか気持ちを立て直す。

「私も驚いて、思わず祭壇の前でまきさんに言おうとしちゃいました」

あの時、俺を一度見たのはそういうことだったのか。

ありがとうと俺は小声で呟いた。

そんな俺の様子を見ていた綾梨紗の顔が少しほころんでいる。

「さてと、おにぎり食べようかな」

ガサガサと紙袋を開けると、海苔の香ばしい匂いが漂ってくる。

「まきさん、前に言っていた好きなおにぎりの具ランキングの一位と三位、作ってきました」

ちなみに、一位の具はウインナーソーセージで、三位は醤油を少しかけたスクランブルエッグである。

「おぉ、本当?」

「赤いシールを貼ってあるのが一位で、黄色いシールは三位です」

シールが貼られたアルミホイルに包まれたそれは、三つずつ紙袋に入っていた。

「じゃあ、一位のから」

逸る気持ちを抑えながら銀色の包みを剥がす。綺麗に丸く握られた、艶のある黒い球体を見つめ一口頬張ると、ソーセージから出た脂とサラダ油の混ざった香りが口に広がる。

続けてかぶりつくと、一口大の肉塊が白米と一緒に口腔内に侵入してきた。

「うん。ちゃんと油で焼いたやつだね。すごく美味しい」

俺は目を輝かせる。

「えへへ。茹でた後、焼きました」

俺の好みに合うように綾梨紗は手間をかけて作ってくれたのだ。ソーセージは一本を数個に切ったものが白米の中にほどよく点在していた。俺はあっという間に一つ平らげ、口をもぐもぐさせながら、黄色いシールが貼られたものに手を伸ばす。卵と醤油の甘い香りがすぐに鼻をくすぐる。吸い込まれるように少し丸みを帯びた三角形の角に口をつけると、一口目で甘じょっぱい卵に辿り着く。

「あぁ、美味い」

喜びと一緒におにぎりを噛みしめる。二つめのおにぎりも一分もかからずに食べ終わってしまった。

「これは二位に昇格かな。この二つを交互に食べると何個でもいけるよ」

「冷めたヒレカツは時間がなかったので作れませんでしたけど、今度絶対作ります」

よろしくと言いながら時計を見ると、そろそろ着替えてホールへ行かなければならない時間だった。

「あっ、そろそろ行かなきゃ。残りはあとで」

「じゃあ私、先に行きますね」

同時に立ち上がり控室のドアへ向かう綾梨紗を俺は呼び止めた。

「綾梨紗、髪に何か付いてる」

えっと言いながら自分の髪を触る綾梨紗。

「ここだよ」と言いながら俺は綾梨紗の頭を撫でた。

「ありがとう。ごちそうさま」


着替えを済ませホールへ入ると、弔問客の席に座っていたのは二列目に場長、最後列に綾梨紗だけだった。良かった、間に合ったと安堵しつつも誰もいない親族席を見ると少し複雑な気持ちになる。

父に手を合わせ、親族席の一番前へ座る。ほどなくして葬儀委員長である葬儀社の社長がホールへ入ってきた。線香を供えた後、改めてよろしくお願いしますと言うと、通路を挟んで俺の隣に座る。それを皮切りに堰を切ったかのように次々と弔問客がやってきた。キャンプ場の従業員とその管理会社の社長という、十名ちょっとの顔ぶれである。

通夜の開始時刻となり僧侶が入場してくる。合掌して僧侶の着席を待つ間、俺は伯父のことを考えていた。覚悟はしていたが、やはり来てはくれなかった。

伯父の神戸《かみと》昭一郎《しょういちろう》は、東湿野から車で二時間ほどの広野《ひろの》市で建築会社を経営し、七十歳を超えた今もまだ現場に出るなど、忙しい日々を送っているようだった。

母が亡くなった後、彼は俺が通っていた大学の授業料を援助してくれ、事あるごとに広野の家へ招待してくれたが、俺は彼やその家族に申し訳ない気がしてバイトを理由に断ることが多かった。俺が無事に大学を卒業することができたのは伯父のおかげという他はない。

俺はこの数日間の不思議な巡り合わせで、やっと父を許していたことに気が付いた。伯父にはそう言ったことがなかったのだろう。仕方ないと肩を落としたところで読経が始まった。

無心で読経に聞き入り暫くすると、移動式の焼香台がカタカタと音を立てて俺の前に運ばれてきた。父さんありがとうと心の中で呟きながら焼香を終えると、その焼香台はすぐに父の傍へ運ばれていった。

読経と説教が終わり僧侶が退出すると、次は葬儀委員長と俺が弔問客の前へ立つ番だ。立ち上がる時に時計回りに身体を回転させ親族席を見渡す。俺の期待はまたしても裏切られた。

弔問客に一礼すると葬儀委員長は俺に代わり、弔問のお礼や父の経歴等を話し始めた。さすがに失踪の件は省略したが、場長から聞き取ったのだろう、ネイチャーガイドとして活躍していた父のことを語る葬儀委員長の落ち着いた声を聴きながら、俺は綾梨紗の方を見た。赤い目をした綾梨紗も俺を見つめていた。

ふと綾梨紗の横に目をやると、一席空けて、恰幅の良い白髪のオールバックの男性が座っている。

まさかとは思ったが伯父だ。

俺が一番待ち望んでいた人物が父の通夜に参列してくれていた。気が付くと葬儀委員長の挨拶は終わっており、俺は慌てて頭を下げた。席に戻ると司会から通夜の終了を告げるアナウンスがあった。

弔問客が改めて父の前に列を作る。俺は立ち上がり焼香を終えた一人一人にお礼を述べる。俺がキャンプ場の管理会社の社長と話をしている間に綾梨紗の前に並んでいた伯父が焼香をしている姿が目に入った。

焼香を終えた伯父が目の前に来ると一気に視界が霞んだ。俺が深々と頭を下げると俺の左腕を掴みながら無言で頷く。

「明日は、どうしても外せない仕事がある。すまないな」と言い斎場を後にした。

それで充分だった。伯父は父を許していないのかもしれないが、最後の別れには来てくれたのだ。何故か伯父に対して申し訳ない気持ちと、これで父も安心して天国へ行けるという気持ちが俺の瞳から溢れた。綾梨紗はなるべく俺の顔を見ないように素早く会釈し、ロビーへ向かった。

親族控室の隣の六畳間二つを開放して設けられた通夜振る舞いの席には、キャンプ場の従業員がほぼ全員出席してくれたようだ。もちろん綾梨紗も俺の隣に座っていた。

料理の準備が終わったところで父の傍へ立った。

「本日はお忙しい中、父のために……」と俺はネットで調べた一通りの挨拶を述べた。

「本当に不思議なことですが、長年、生き別れていた父と再会したのはほんの二週間前のことです。残念ながら直接言葉を交わすことは、ありませんでした」

俺は言葉に詰まり俯く。唾をのみ必死に息を整える。誰かが鼻をすする音が聴こえる。

「私が大人になってからの、父の姿を私は知りません。今日は、お時間の許す限り、生前の父のお話をお聞かせいただければ、幸いです」

深々とお辞儀をした俺に向けて拍手が起こる。人生で一番温かく感じる拍手だ。

「さぁ、みなさん、どうぞ食べて飲んでください」

頭を上げると、俺は精一杯明るい声を張り上げた。

席に戻ると俺の目じりに光っていたものは綾梨紗の薄いピンクのハンカチに吸い取られ

た。テーブルの下で俺の左手を握り、じっと俺の横顔を見つめる。

「綾梨紗も腹減っただろう？　どんどん食べな」

俺は料理を見つめたまま言った。

「ほら、この寿司も特上にしたんだ。ローストビーフも美味そうだろ。綾梨紗が作ってくれたおにぎりは夜食にとっておくよ、今日は徹夜だからな。少し酒を飲んで後でベリーシュワ飲もうかな。そうだ、聞いてくれよ。ここの自動販売機はさ、何とベリーシュワが売っているんだ。あっ、場長、日本酒もありますよ」

さっきの涙を誤魔化すように、俺はいつになく饒舌になった。

綾梨紗はぎゅっと俺の手を力一杯握り、その後、箸を手に取った。

「恭弥さん、今時の線香は一晩中燃えるものがあるんですよ」と場長が言う。

「そうなんですか」と俺は箸を止めた。そう言えば、昨日の葬儀社との打ち合わせでそんなことを言われていたっけ。

「私も三年前の祖母のお通夜ではそのお線香を燃やして、家族は全員休みました」と綾梨紗が場長に言う。

「恭弥さん、古いですよねえ?」と場長が綾梨紗へひそひそ話をするような仕草をした。

うふふと笑う綾梨紗を俺は笑顔と共に肘で軽く小突いた。

「それにしても、恭弥さん、羨ましいですね。こんな可愛らしい子をどこで」

もうすでに酔ってきたのか、場長が軽く俺に絡んでくる。

俺は照れ笑いを浮かべながら、元の職場で出会ったことを話した。

「そうだ、場長、父が出会いのきっかけを作ってくれたんです」

さっき綾梨紗から聞いた話を恥ずかしさをこらえながら場長に聞かせた。

「いやぁ、まさに、運命ですね！」

興奮気味に場長が言う。酒を一滴も飲んでいない綾梨紗の顔が赤い。

「そうか、やっぱり天職だ、ねぇテツさん」

場長は父の方へ日本酒の入ったコップを掲げる。

「息子さんにこんな美人さんを、なぁ」

上機嫌の場長は隣の恩田さんへ同意を求めると、俺たちの会話をニコニコと聞いていた彼は何度も頷いた。

日本酒を一口飲んだだけの俺もすっかり上機嫌になっていた。もしかして俺のために場長は少しお茶らけた会話をしてるのか。

「そうだ、恭弥さん、テツさんと奥さんの馴れ初め、知っていますか」

「母から少し聞いたことがあります。小中学校の同窓会で再会したとか」

俺は母の言葉を思い出していた。

「そうなんです。その同窓会はテツさんの企画で、キャンプ場でのバーベキューだったんですよ。テツさん、自分の得意分野で奥さんのことを口説いたのかもしれませんね」

すっかり出来上がった場長が愉快そうに笑う。

だとしたら父は本当に大自然というものに縁があったのだなぁ、としみじみ思った。

「ところで、父はどういった経緯でキャンプ場で働き出したのですか」

父とキャンプ場で再会してから気になっていた疑問を場長にぶつける。

恩田さんに注いでもらった、決して上等とは言えない日本酒を一口美味そうに飲むと、場長は口を開いた。

「私がね、東京から帰省する息子を迎えに東湿野空港に行った時、偶然、大きなリュックサックを背負ったテツさんに再会したんです。聞けば故郷に戻ってきたって言うもんだから、うちの会社で働かないかって誘ったんですよ」

場長はグビリとコップの中の液体を飲み干す。

「テツさんが自然を好きなのは知っていたので、うちの会社にぴったりだなと思ったんです。それで社長に会わせたら、社長もテツさんの自然に対する深い知識や愛情にすっかり惚れ込んでねぇ、二つ返事で採用でした」

まるで自分のことのように愉快に笑う場長。口元へ運んだコップが空であることに気が付き恩田さんに差し出す。

「採用された後はもう天職で大活躍ですよ。綾梨紗さんのようにテツさんのガイドで自然を大好きになった人も多いんじゃないかなぁ」

綾梨紗が目を輝かせうんうんと頷く。

「去年から体力的に厳しくなってガイドは辞めて、キャンプ場に専念してもらっていたんです。今思えばその時から癌が進行していたのかなぁ。それと、恭弥さんには悪いですけど、この恩田君を息子のように可愛がってねぇ」と俺と同年代の恩田さんの肩に手を載せる。

「眞気澤さんには、本当に良くしてもらいました」

二人共、遠い目をしている。

「もう恭弥さんには会えないだろうと思って、罪滅ぼしのつもりで恩田君に目をかけていたんじゃないかな」

場長は鼻声になり恩田さんは俯いた。

「そうだったんですか。貴重なお話、ありがとうございます」

俺も少しセンチな気持ちになり、それを誤魔化すように「他の人にお酌してきます」と席を離れた。

父の同僚たちから生前の父の人となりが分かる話を随分聞くことができた。

兼木さんとはほぼ毎日、野球談議に花を咲かせ、来年こそは観戦ツアーに一緒に行こうと言っていたそうだ。

他の同僚からはどちらかと言うと無口な父がたまにボソッと言う冗談が面白かったという話や、ネイチャーガイドの時は本当に饒舌で、普段の父とはまるで別人であるかのようだったという話、その他にもたくさんの父のエピソードを聞いた。

一時間ほどして俺は再び父の傍へ立った。

「みなさん、本日は大変ありがとうございました。お蔭様で……」という挨拶の後、明日の告別式の連絡をした。

場長、恩田さん、兼木さんはここに宿泊してくれることになり、俺は他の参列者を玄関まで見送った。

「綾梨紗さん、またね」という場長の愉快な大声が聞こえる。

玄関先に立つ俺のところに小走りで綾梨紗が来た。

「綾梨紗、今日はありがとう。明日は家でゆっくりしてくれ」

「ううん。明日も、私、まきさんの涙を拭く係ですよー」

「何だと、もう泣かないぞ」と綾梨紗の柔らかな頬を軽くつねる。

「じゃあ、行きますね」

と数分前に呼んであったタクシーに乗り込む。運転手には既に千円札を何枚か渡していた。

俺は綾梨紗を乗せた黄色い車体が闇夜に消えるまで見送り、ロビーの自動販売機でベリーシュワを二本購入した。

父の元へ戻ると宿泊する三人がオードブルの残りを集めた皿の周りに車座になり、俺を待っていた。

「恭弥さん、もう少し我々に付き合ってもらいますよ。もちろん、テツさんもね」と場長がまた父に向かってコップを高く掲げた。

週末（日曜日）

翌朝七時。スマホのアラームが鳴ると俺は比較的スムーズに目を覚ました。

昨夜は夜中の二時過ぎまで父を含めた五人で話に花を咲かせたが、ベリーシュワで割ったことが功を奏したのか、日本酒のような二日酔いはなかった。

綾梨紗からの二通のメッセージを読む。昨夜のものは無事に家に着いたこととタクシー代のお礼、今朝六時半のものはおはようのメッセージだ。今日は本当に家で休んでくれて構わないと返信すると、すぐさま綾梨紗からハンカチを持って絶対に行きますーと反応があった。少し頬を膨らませている綾梨紗の表情が頭に浮かんだ。

告別式には俺を含む宿泊組の四人の他、管理会社の社長と綾梨紗が参列した。その他のキャンプ場の従業員は仕事のため来られないことは、昨夜のうちに聞いていた。

疲れのせいか眠気のせいか、気が付くと俺は火葬場へ向かう葬儀社所有のマイクロバスに揺られていた。隣の席では綾梨紗が俺の手を握り、前をまっすぐ見つめている。さっきの出棺の時にも泣いてしまったという、うっすらとした記憶があった。

間もなく郊外に建てられた火葬場に着いた。父の遺影を持ち、マイクロバスを降りる。父の後に続き改築されたばかりの建物の廊下を進み、火葬炉に隣接した小部屋へと辿り着く。父と共に最後の読経を聞いていると、幼い自分に父が『儀式』について話している光景が頭に浮かんだ。

「恭弥、この湖にはなぁ、神様がいるんだぞ」

テントを設営しながら父が言う。

「神様？」

湖に向かって平たい石を投げながら俺が聞き返す。

「ガスの濃い日に湖に向かって石を投げると、神様が出てきて呪文を教えてくれるんだぞ」

「ふーん」

平たい石を探すことに夢中で俺は上の空で聞いていた。

「呪文を教えてくれるというか、神様が出てきた時の音が呪文として自然に頭の中に入ってくるんだ。そして叶えたい願いを思い浮かべてそれを唱えるんだ」

父の方を振り返ると「ピロロポリルンッ」という不思議な音が聴こえた。

今のは何だろう、キョトンとする俺に父は続けた。

「でもな、その時に気を付けなきゃならないのは……」

「最後のお別れです」という火葬場の職員の声で我に返った。

最後？

父の顔を見る最後の機会がきてしまった。俺はまた後悔の念に苛まれた。

病院へ見舞いに行けば生前の父と会話できたのに、父の瞳に映る自分を見ることができたのに、今、目の前の父は俺を見つめることもなく、ただ目を閉じ永遠の眠りについている。二週間何もせず、父に会う機会を棒に振ってしまった。もう恨んではいないということを伝える機会もなくなった。

目頭が熱くなり最後に見る父の顔が滲んでしまった。

他の参列者のすすり泣く声が聞こえる。

「それでは合掌にてお見送りください」

棺桶の蓋に付いた窓が閉じられ、父が火葬炉に吸い込まれていく。

「父さんっ！」

また、幼い頃の自分が脳裏に浮かぶ。

「うわーん」

俺は母に抱き着いて泣いていた。傍らには頭を掻いて困っている父が居た。

「あなたが、怖がらせるから」

俺の頭を撫でながら母が父に言う。

「いや、そんなつもりは。恭弥、ごめんな。もうこの話はしないから」

さっきの光景の続きか。

あの音が呪文だったのか、これまでに何度か聴いたことがある、あの音が。

そう言えば綾梨紗と一緒にいる時にも……。

そして俺は何故か泣いている。『儀式』のことで父は何か俺を怖がらせるようなことを言ったのか。それは昨日、坂見場長が言っていたリスクのことなのだろうか。

俺は目じりに優しい布の感触を覚えた。滲んだ視界にやっと見えたのは、自分の涙も拭かずに俺の涙を拭う綾梨紗の姿だった。


父を待っている間、精進料理を目の前にして俺はただボーッとしていた。

はぁとため息をつくと、綾梨紗が俺の背中をさすってくれた。

綾梨紗と出会ってからずっと優しい子だなと思っていたが、この数日はさらにその優しさに触れていた。

「ありがとう。もう大丈夫だよ」

綾梨紗は無言でコップの水を俺に差し出す。俺は一気に飲み干し一息ついた。

「さぁ、せっかくだから食べよう」

他の参列者は既に食事を終え、俺に気を使ってくれたのか、控室から姿を消していた。

「恥ずかしいとこ見せちゃったなぁ」

箸を進めながらポツリと呟く。

すると綾梨紗が箸を置き俺を見つめる。

「悪い意味にとらないで欲しいんですけど、私、嬉しいです。まきさんが私の前で泣いてくれて。まきさんてポーカーフェイスだったから、仕事の時とかも。だから私にそういう表情見せてくれて嬉しいです」

ごめんなさいと俯いた綾梨紗を俺は思わず抱きしめた。

泣き顔を見られないで済むという咄嗟の判断だったのか、俺は涙が出るのを我慢する間、綾梨紗を抱きしめていた。

綾梨紗の両手が俺の背中に回った時、一粒だけ涙が綾梨紗の肩に落ちた。


帰りのマイクロバスの中、車窓から見える晴れ渡った秋の空を眺め、俺はさきほど場長から言われたことを思い出していた。

「テツさんもねぇ、自分のやったことに対していつまでも自分を責めていましたよ。恭弥さんもテツさんの見舞いに行かなかったことを後悔しているのでしょう？　性格もそっくりですよね」

ワハハと場長は笑った。

「でもね、テツさんはそんなこと気にするなと言うはずですよ。自分には厳しいけど他人には優しい人だから。私は、テツさんとの付き合いが恭弥さんよりも長いから分かります。絶対そう言いますよ」

場長の吐き出したタバコの煙は丸い輪となって俺の方に流れてきた。

繰り上げ初七日法要までを無事に終え、斎場には俺と綾梨紗、そして遺骨になった父だけが残った。

俺たちは父と一緒に事務所へ挨拶に行った。

「どうもありがとうございました。お陰様で良い父の旅立ちになりました」

「いいえ、とんでもございません。そう言っていただけると我々もお手伝いさせていただいて、本当に良かったです」

葬儀社の社長が言った。

さすがに疲れた顔をしていたのだろう、社長の奥さんが綾梨紗を労った。

「奥様もお疲れになったでしょう。ゆっくりお休みくださいね」

ポフッと綾梨紗の頭から煙が出た気がした。

葬儀場を出て綾梨紗と父を車に乗せると、俺はまず綾梨紗を家まで送るためアクセルを踏んだ。

「綾梨紗、疲れただろう。家まで送るよ」

「あの、まきさんの家に行ってみたいです」と珍しく綾梨紗が少しの我儘を言った。

「じゃあ、祭壇の設営を手伝ってもらおうかな」

綾梨紗の部屋に比べると殺風景という言葉がよく似合う俺の部屋に入る。

「ふーん、まきさんらしいお部屋ですね」

何のコンセプトもない茶系の色が主体の部屋を見渡しながら綾梨紗が言う。

「俺、チョコレート好きだから」と言うと綾梨紗がクスクスと笑った。

父を一か月半の仮の住まいへ案内した後、着替えた俺は綾梨紗を送った。

「綾梨紗、本当にありがとう。今度、飯でも奢るよ」

「どういたしまして」と助手席でお辞儀をする。そして、「あの、今日でもいいですか。もう少し、一緒にいたい」。

綾梨紗が着替えをしている間、俺はベランダに出て、ビル群のすぐ上まで降りてきていた太陽を眺めた。ポケットからジッポーライターを取り出しタバコに火を点ける。

一応、無事に父を母の元へ送り出したことに安堵を覚え、ため息とともに肩の力が抜けた。

お待たせしましたと綾梨紗がベランダへ出てくる。

「綾梨紗のおかげで無事終わったよ」とライターを見つめながら改めてお礼を言う。

「奥様っぽかったですか？」

いたずらっぽく綾梨紗が笑う。

「そっ、そうだね」

付き合ってまだ二週間ほどだが、綾梨紗はもうそのことを意識しているのだろうか。

「女の子ってやっぱり、付き合ったら、結婚とか、意識するのかな」

俺は恐る恐る尋ねてみた。

「女の子っていうか、私、意識しています」

綾梨紗の顔が赤いのは夕日のせいではないだろう。

「やっぱり、そうか」

「うんうん、ですです」

俺の『やっぱり』という言葉をチャンスだと捉えたのか、綾梨紗は俺の方を見て何度も頷く。

「そうか。なるほどね」

「ですです」

「わかったってば。はい、落ち着いて、深呼吸。吸って、吐いて」

俺は笑いながら綾梨紗に深呼吸を促す。

残念そうに、仕方なく深呼吸をする綾梨紗。

タバコを消した俺はベランダのガラス戸に手をかけた。

「ちゃんと考えてるから」

「えっ？」

綾梨紗の表情が明るくなる。

「まきさん、今、何て言いました」

ガラス戸と俺の間に身体をすべり込ませた綾梨紗は何度も俺に質問を繰り返すのだった。

第三章　リスタート

十月下旬　平日（月曜日）

「今日からみなさんと一緒に働かせてもらいます、眞気澤恭弥です。今まで経験のない分野の仕事ですが、一日でも早く仕事を覚え会社に貢献したいと思っています。それと、前の職場では下の名前で呼ばれることが多かったです。どうぞよろしくお願いします」

角円木材の事務室には四十名弱の社員が集まっていた。今日から仲間になる俺を全員が拍手で迎えてくれた。

事務所へ着いた時、駐車場に停まっていた青い軽自動車から里村さんが降りてきて一緒に事務室へ入った。最初に顔見知りに会えたことで、それほど緊張せず挨拶ができたのかもしれない。

「じゃあ、みんな、よろしく頼む」

志月社長も改めて仲間たちにお願いをしてくれた。

社長へお辞儀した俺に短髪の男性社員が近づいてきた。

「総務課長の那須野《なすの》です。よろしく」

那須野課長に促され、事務室の隅にある打ち合わせテーブルに俺たちは座った。

「今日の午前中はうちの事業について詳しく説明しちゃうので、午後からは施設を見てもらおうかなっと」

総務課長は少し強面の外見とは違い、随分と気さくな話し方だ。

この会社は現業部と総務部から成り、俺は当面の間、総務部の総務課総務係に所属し色々な仕事を経験することとなった。

「恭弥でいいかな、呼び方」

「ええ、構いません」

「よーし、じゃあ、それでいこう。おーい、仁志井《にしい》、出番だぞ」

課長が長方形に並べられた事務机の方へ呼びかけると、あーいという返事が聴こえた。

少し茶色がかった長めの髪を揺らしながら痩せた男性社員がやってきた。

「この仁志井君に後のことをお願いしてあるから」

俺は立ち上がり、お願いしますと礼をした。

「製品企画係長の仁志井です。よろしくー、恭弥ちゃん」

昼過ぎに会社の近くの定食屋へ誘われ、仁志井係長の他に鹿原《かはら》と桶川《おけがわ》がついてきた。

店内には作業服姿の人たちが多く目につき、なかなかの賑わいを見せていた。

「俺は恭弥ちゃんの一コ上、こいつらはまだ二十代さ」

「自分たちだけなんすよ、会社でタバコ吸うの。それで、自然につるんでます」と係長の直属の部下である鹿原が笑う。

「あっ、俺も喫煙者です」

俺はポケットのジッポーライターを取り出した。父の葬儀以来、常にそれを持ち歩いているのだ。

「おっ、いいねぇ、恭弥ちゃん。これも、何かの巡り合わせかな」

係長が本当に嬉しそうに言った。

巡り合わせ。山元部長が言っていた言葉だ。口癖なのだろうか。部長を慕う部下たちの口からも自然にこぼれ出てしまうのだろうか。

「僕も去年入社したばかりですが、すぐに慣れますよ」

桶川が力強く頷く。彼は俺と同じ総務係の人間だ。

「ありがとうございます。頑張ります」

「恭弥ちゃん、硬いなぁ。リラックス、リラックス」と言って係長は俺の両肩を揉みだした。

上手いとは言えないマッサージを受けながら、この会社ならやっていける、と俺は確信めいたものを感じていた。

十月末　平日（金曜日）昼

北海道の東の玄関口と称される東湿野市は周りを雄大な自然に囲まれ、古くから第一次産業を中心に発展を遂げてきた。その市政を担う東湿野市役所の庁舎は地元出身の高名な建築家により設計・建築されたが、築後四十五年が経過し外観や設備の老朽化はもはや隠し切れないものとなっていた。

十二時の昼休憩を知らせる、ややかすれた音のチャイムが鳴ると、多くの職員は各々昼食をとるためにある者は近所の定食屋へ、またある者は庁舎地下の食堂へと移動を始める。庁舎の四階にある自分の職場から階段を降り三階の商業振興課の入り口へ辿り着いたみどりは部屋の奥に向かって呼びかけた。

「アーリスー、お昼行こうよー」

アリスというのは綾梨紗の中学時代からのニックネームである。友人が名付けたそれは名字の椀田が英語の wonder とほぼ同音で、日本語に訳すと「不思議」という意味であることから「不思議の国のアリス」になぞらえてつけたらしかった。

綾梨紗は本州出身であり、北海道出身のみどりとはもちろん通っていた中学校も違うが、何故みどりがこのニックネームを知っているかというと、綾梨紗が入庁した後すぐに開かれた東湿野市役所労働組合による新人職員歓迎会において、綾梨紗が自己紹介をした際に一言コメントとして「ニックネームはアリスです」と言ったからである。

先輩職員として歓迎会へ参加していたみどりはその後の歓談の中で、本人から聞いたアリスの由来を大層気に入り、綾梨紗の性格も相まって「守ってあげたい可愛い妹分」として目をかけていた。

余談だが、このアリスというニックネームを綾梨紗は気に入っていない。「不思議の国のアリス」の主人公アリスは好奇心旺盛で活発な女の子だが、自分はむしろ正反対だと思っているからである。綾梨紗は歓迎会でアリスの話をしたことを後悔していたが、最近恭弥が「本家のアリスに近づいてきている」と褒めてくれたため、綾梨紗もアリスと呼ばれることを気に入り始めていた。

「はい、ちょっと待ってください」

みどりとランチへ行く旨のメッセージを恭弥へ送り、スマホと財布を手に綾梨紗は席を立った。

　綾梨紗からの恭弥への定時連絡は先月下旬に再会して以来、綾梨紗がずっと続けている日課のようなものであった。恭弥は生来の筆不精であるため、返信がないこともざらにあったが、それでも恭弥へメッセージを送ることで、これからも恭弥と繋がっていられるという不思議な自信が綾梨紗にはあった。

　逆に言えば、その日課を怠ればまた恭弥と離れてしまうという、綾梨紗が何よりも恐れる不安も同居していた。

　綾梨紗が入庁した当時は隣の席にいつも恭弥がいた。日々ポーカーフェイスで淡々と仕事をこなし、他人が敬遠するような仕事でも文句も言わずに（たまには冗談交じりの愚痴をこぼす時もあったが）やり遂げる恭弥の姿を見て、また仕事を教わる中で自分の成果もミスもしっかりと受け止めてくれる恭弥に対し、雄大な自然のような包み込んでくれる優しさを感じ、いつの間にか綾梨紗は恭弥に惹かれていった。

　中学から高校まで女子校に通っていた綾梨紗は、男性に対しどのように接したら良いのか、どのように自分の好意を伝えたら良いのか見当もつかなかった。

　そのことについて友人や先輩に相談することは、引っ込み思案の綾梨紗にとっては、どうしようもなく恥ずかしいことのように思えた。

職場の同僚という恭弥との関係を進展させることができぬまま、恭弥は管理職に昇進し異動していった。それでも広くはない庁舎内で恭弥とすれ違い、挨拶や軽い会話を交わすことはあった。

恭弥の携帯番号やメールアドレスはもちろん知っていたが、綾梨紗から連絡をとることも恭弥からのアプローチもなかった。

今年の三月上旬、恭弥が退職するという噂を耳にした。綾梨紗には以前から気が付いていたことがあった。恭弥を見かける度、顔色が悪くなっていっていること、何となく元気がなくなっていっていることである。恭弥の体調への心配や恭弥がいなくなってしまうという不安。それらが原因かどうかは不明であるが、綾梨紗の体調も悪化していき、ついには医師から入院し療養することを勧められた。

綾梨紗のことを気にかけていたみどりが本州の綾梨紗の実家へ連絡すると、すぐに母が駆けつけた。母に心配をかけることをためらい、自分からは連絡をしなかった綾梨紗だったが、病室の入り口に現れた母の顔を見るなり一年間我慢していた涙が溢れた。

暫くして、綾梨紗の体調はすっかり回復したが、退院したのは四月に入ってからだった。入院中、恭弥と連絡をとらなければと何度も思ったが、終《つい》ぞ勇気を出すことができなかった。

次に恭弥に会うことができたら絶対に自分の好意を伝えようと固く決意し、退院後震える手で押した恭弥の携帯番号に応答したのは、もうすぐ中学校の入学式を迎えるという九州の女の子だった。

恭弥のメールアドレスももちろん既に使われていなかった。休日には恭弥が住んでいたマンションの前まで行ってみたが、二階の窓から「空室」の文字だけが綾梨紗を見下ろしていた。

職場の同僚にも恭弥の消息をそれとなく聞いてみたが、誰一人知る者はいなかった。

暫くして庁内のあちらこちらで恭弥の噂が聞こえてきた。「宝くじが当たってハワイに移住した」とか「インドでカレー料理の修業をしている」とか根も葉もないような噂ばかりであった。

唯一恭弥の消息を掴む手がかりになりそうだったのは、恭弥が贔屓にしていた市役所近くのラーメン屋「美澄」であった。

綾梨紗は一縷の望みに賭け、「美澄」の近くのマンションへ引っ越した。自宅から出掛ける際、自宅へ帰る際など何かにつけては「美澄」の店内をそれとなく覗いたり、三十分ほど店の前で時間を潰すなどしてみたが、恭弥に出会うことはなかった。

日に日にふさぎ込んでいく感じがある綾梨紗に対しみどりは理由を尋ねたが、綾梨紗は決して理由を語らなかった。

やがて夏が過ぎ秋を迎えた頃、綾梨紗の心の中にある恭弥への想いは針先が触れただけで破裂してしまう風船のように限界まで膨れあがっていた。

そんな折、みどりが強引に連れ出してくれたナカンペ湖キャンプ場でのピクニックをきっかけとして、綾梨紗は念願を果たすことができたのである。

以前からみどりを信頼していた綾梨紗は、このことにより益々みどりを信頼し心の中で毎日感謝を述べていた。また恭弥も綾梨紗との再会をきっかけとして、自堕落な状態から仕事に打ち込んでいた頃の恭弥へと回復しつつある。

鼻歌を唄いながら待っていたみどりは、あのピクニックまでは意気消沈していた綾梨紗がニコニコと小走りで近づいて来るのを見て、あることを確信したのだった。同じようにスマホと財布を持った二人は階段を地下まで降りていった。

地下には市役所の営業時間内であれば、職員、市民問わず誰でも利用できる食堂があった。無論、職員の利用は昼休憩の時間だけに限られていた。券売機で各々食べたいメニューの食券を購入し、厨房前のカウンターで料理を受け取り、壁に接した古い長テーブルに並んで座る。内緒話に都合が良い席であり、座るのは大抵女性職員であった。

ダイエット中であるためトマトサラダとかけそばを注文したみどりは、トマトを一切れ頬張ると満を持して綾梨紗への尋問を開始した。

「アリスさぁ、最近ウキウキしてるよね。何かいいことでもあった」

「べっ、別に何もないですよぉ」

オムライスを食べる綾梨紗のスプーンが一瞬止まり、その後動かすスピードが少し上がる。

「今日だって通勤途中にＵＦＯに拉致されそうになったりして大変だったんですから」

スプーンの動きを目ざとく見ていたみどりは尋問の手を緩めない。

「まただぁ、絶対あったでしょ？　私さぁ妹のことなら何でも分かっちゃうんだよねぇ」

綾梨紗は信頼しているみどりにこのことを隠しておくのはまずいと思ったのか、恋のキューピッドとも言えるみどりへの感謝を示そうと、「実は」と自分の口元に手を当てながら真っ赤になった顔をみどりの耳元に近づけた。

「彼氏ができました」

「えっ、彼氏？」

みどりの声のボリュームが跳ね上がり、綺麗な丸い目で綾梨紗を凝視する。二人の周りで昼食をとっていた職員がちらりとみどりを見やった。

みどりの予想では綾梨紗が誰かに恋をし始めたのだろうというものだったが、自分の想像を超える回答への驚きが先ほどのリアクションとなって表れたのだ。

「ちょっと、みどりさん」

小声で綾梨紗がみどりへ注意をする。

「ごめんね。予想外だったから。それで誰なの、ここの職員？　いつからどこで知り合ったの」

気を取り直して、尋問の最終段階とばかりにみどりはたたみ掛けた。

「えっと、それは……」

綾梨紗は恭弥の名前を口に出して言いたかった。

「あの、みどりさん、先方に了解をとってからでもいいですか？」

「何よ。もったいぶるわねぇ」とみどりは白い歯を見せながら、肘で何度も綾梨紗を小突く。

「そんなつもりでは。ちゃんと手順を踏みたいと言いますか」

「わかったわ。アリスらしいわよね。でも、これだけ教えて」とみどりが綾梨紗に近づく。

「私の知っている人なの？」

綾梨紗がこくりと頷く。

「えっ、まさか、多仁原君？」

みどりの声がまたも大きくなる。

「ちっ、違いますよぉ」

みどりに向けて両手を何度も振り、必死に否定した後、綾梨紗は周りを見回す。

「もぉ、びっくりさせないでよ」

みどりが微笑みながら少しため息をつく。

「誰なのかな？　私の可愛い妹のハートを射止めたのは？」

みどりは両手で頬杖を突き、好奇心に溢れた目で斜め下から綾梨紗を見つめた。

「今日の夜、聞いてみます」

はにかみながら綾梨紗は小さな声で言った。

同日　夜

「あの、まきさん、ちょっとお話が……」

ダイニングテーブルに俺と向かい合って座った綾梨紗が、夕食を半分ほど進めた時点で言った。

「ん、何」

綾梨紗が作ってくれた鮭のソテーを箸でつつきながら俺は聞き返す。頭の中では何か深刻な話をされるのでは、と身構えた。

「彼氏ができたこと、みどりさんにばれちゃいました」

「みどりさんって、副島《そえじま》さんだっけ？」

何かしらの安堵感を覚えながら俺は再び聞き返した。

はいと頷くと、綾梨紗は今日の昼間、地下食堂でのみどりとのやり取りを話し出した。

「そういう感覚が鋭そうだもんなぁ、あの子」

ハハハと俺が笑う。

「みどりさんに言ってもいいですか、まきさんと、その、お付き合いしてるって」

綾梨紗は上目遣いで俺に聞いた。

「綾梨紗がいいなら、俺は全然かまわないよ」

「良かったぁ。じゃあ、後でみどりさんにメッセージ送っておきます。私の彼氏、まきさんですよって。うふふ。催促が来ているんです」

即答した俺に気をよくしたのか、綾梨紗は鼻歌まじりにソテーにナイフを入れる。

「やっぱり女の子同士の会話ではそういう話題が出るんだね。俺の職場では全然そんな話題ないよ。と言っても、まだ、一週間しか働いていないけど」

「女の子と言いますか、若者の話題では？」と綾梨紗がニヤリとする。

「なんだよぉ、俺が年寄りだとでも言いたいのか。まったく最近の若いもんは……」と俺も綾梨紗の冗談に乗る。

クスクス笑った後、「まきさんといるとやっぱり楽しいです」と綾梨紗は幸せそうにフォークを口元に運んだ。

十一月下旬　週末（土曜日）

「光の精霊に祝福されし剣よ。今こそ秘められた力を開放し常闇を切り裂け。インフィニティ・スライス！」

俺は顔の前に構えた包丁を見つめ呪文を唱えた。

遠くから見つめていた綾梨紗がパチパチと拍手をする。

「完璧ですぅ。じゃあキャベツの千切り、お任せしますね」

「おっ、今日は調子がいいかも」

トントントンとリズム良く包丁が動く気がする。

「まきさん、上手になってきましたね」

「料理魔術研究会のおかげで料理が楽しくなってきたよ」

「料理は作る人の愛情と楽しむ気持ちがあれば美味しくできるのです。あっ、これは、顧問の先生の口癖です」

十一月のとある土曜の夜、俺たちはキッチンに並びトンカツを作っていた。

サイクロン・オブ・イエローと呟き、ボウルに卵を溶きながら綾梨紗が俺に尋ねる。

「あの、まきさん。来週の土曜日、みどりさんが私の家でお泊り女子会をしたいと言っています。良いですか？」

「良いよ。ていうか、それは綾梨紗の自由だから」

「ありがとうございます。後でみどりさんに連絡します。でも寂しくないですか？」

綾梨紗が笑いながら俺の顔を覗き込む。

「ちょっと、俺、今、真剣だから」

必死にキャベツと格闘している振りをして誤魔化す。

「それより、綾梨紗」

「何ですか」

頬を少し膨らませた綾梨紗が返事をする。

「俺に対してまだ敬語を使うよね。呼び方も昔のままだし」

「だって、私、すごく尊敬していますから、まきさんのこと」

作業をする手を止めて綾梨紗が言う。

「それは嬉しいけど、もっとこう、なんて言うか、くだけても良いのかなと」

「嫌ですか？」

「違う、違う。全然そうではなくて」

綾梨紗が悲し気な表情をしていることを横目で察知し、俺は慌てて否定した。

「敬語だと職場の延長線上的な感じもするし、ほら、その、なんだ、そう、もう少し甘えて欲しいかな、なんて」

咄嗟に繕った言葉だったが、ふーんと綾梨紗は何かを考えているようだ。

「じゃあ敬語は徐々にやめていきますね。呼び方は、もう少し考えます」と綾梨紗は明るい口調で言った。

さっきの俺の言葉、効果は抜群だったようだ。

それから綾梨紗は何となく上の空で調理を続けた。

トンカツは申し分なく美味かった。食器を片付けようと思った矢先、綾梨紗が口を開いた。

「決めました、呼び方。やっぱり最初に思い付いたのにします……する」

綾梨紗が無理やり、敬語からため口にしたのを可笑しいと思ったが、笑いをこらえた。

「うん。どんなの」

「後ろを向いてください。う、後ろを向いて」

「えっ、どうして」

「いいから、早く」

必死な様子の綾梨紗に急かされ、しぶしぶダイニングテーブルの椅子ごと後ろを向く。

何度も深呼吸をする息遣いが聴こえる。

「きょっ、きょ、きょー君」

ドキリとした。てっきり、恭弥もしくは恭弥さんと呼ぶのだろうと踏んでいたのだ。しかし、それは嬉しい方にベクトルが向いた予想外であった。俺は耳まで真っ赤な綾梨紗の方へゆっくりと振り返る。

「綾梨紗、俺、そういうの好きだよ」

「えへへ。良かった」

大きく息を吐く綾梨紗。

「じゃあ、それでよろしく」

俺はハイタッチを求めた。

「うん」

パシンという乾いた音が心地よくリビングに響いた。

「女子会の話題が一つ増えま、増えた」

早く誰かに話したいのだろう、綾梨紗はにっこりとほほ笑んだ。

翌年　一月

年が明けて一月もあっという間に中旬になった。綾梨紗は俺に対する呼び方にもすっかり慣れ、敬語も卒業していた。俺たちはやっと本当の恋人同士になったという実感を持ち、お互いにそう思っているのだろうと確信し、日々を楽しく過ごしていた。

そんな折、北海道の最大都市である大央市に出張することが決まった。木材製品の展示・即売と林業への就業者を増やすことを目的としたガイダンスを組み合わせた「北のもりもり・りんりんフェア」に、会社から五〜六名で参加することになり、俺もメンバーとして選ばれたのだ。

「そういうわけで、三十一日から二泊三日で大央出張だから」

「きょー君、もう一人前なんだね」

「いや、何人かで行くから、俺は経験を積むという方が合っているのかな」

ふと、綾梨紗が何かを考え込んでいる。

「私も行こうかなぁ。きょー君とどこか旅行に行きたいし」

「ダメ。俺は仕事なんだから」

「えー、良いでしょう、邪魔しないから、お願い」

「今度、絶対、どこかに連れて行くから。今回は頑張って留守番していてくれよ」

「やーだ、絶対行くもん」

俺はパンパンに頬を膨らませた綾梨紗を、一時間かけて何とか宥めた。


一月末、冷え込みもそれほどではなかった朝早く、運送業者の十トントラックに今回の展示品である木製のドアやサッシ、壁材等を積み込むと、俺たちを乗せたワゴン車は黄陽町を出発した。

今回のフェアは大央市でも有数のイベント会場で行われる。運転を交代しながら、俺たちは安全第一を合言葉に昼過ぎには大央市へと入った。

おにぎり等で遅めの昼食を済ませると、自分たちのブース設営に取り掛かる。こういったイベントに慣れている山元部長の指示のもと、センスに溢れた展示ブースが出来上がった。一方、就業ガイダンスのブースは、黄陽町の林業のことやうちの会社の事業概要を紹介したポスター大のパネル・写真を所狭しと間仕切りに貼ったスタイルだ。

俺は展示ブースを担当することになった。

翌日、日曜の展示会は来場者で溢れ活況を呈していた。製品のＰＲ等で皆忙しく動き回り、気が付くと展示会の終了まであと一時間というところまできていた。

「ちょっとは人が減ってきたな」と仁志井係長が缶コーヒーを口にする。

それでもまだ会場内を移動するには人ごみを縫うように進まなければならないほどだ。自分たちのブースを訪れる客が途切れたところで他のブースを見る余裕がやっと生まれた俺は、会場内をゆっくりと見回した。一時間ほど前から何となくこちらを観察している人物がいることに気が付いていた。

「これは、事件の匂いがする」

俺は胸騒ぎを覚え、トイレに行くと同僚に断りを入れた。

人だかりや往来する客の陰に上手く隠れ迂回しながら、その人物の後ろへ回り込む。キャップの後ろからはみ出たポニーテールを見て俺は確信した。

やはり綾梨紗だ。スタジアムジャンパーに綾梨紗にしては珍しいデニムパンツのスタイル。俺に気づかれないように変装してきたつもりなのだろう。少し呆れるとともに、その行動力を称賛する。ふぅとため息をつくと、綾梨紗の死角から一気に近づいた。

「そこの君！」

俺の姿を見失っていた綾梨紗が一瞬びくりとして振り返り、俺を認識した後ばつの悪そうな顔をした。

「綾梨紗、来てくれて嬉しいよ」

怒られると思っていた綾梨紗は一瞬キョトンとした後、笑顔を見せた。

「えへへへ」

「でも、留守番している約束だっただろう？」

「ごめんなさい。でも……、きょー君の仕事している姿、見たかったんだもん」と今度はしょげた顔で答える。

「まったく、仕方ない。片付けまで終わるのが、そうだな、あと一時間半くらいかな」

裏口で待ち合わせをしようと言いかけた時、山元部長と鹿原が通りかかった。

「恭弥さん、誰っすか、この可愛い子」

「うっ、妹です」

俺は咄嗟にそう言ってしまった。綾梨紗が不満を丸出しにした表情で俺を見る。

「おお、そうか。せっかくだから、うちのブースを見ていかないかい」

林業に興味があると思ったのか、山元部長が綾梨紗を爽やかに誘う。

歩き出した部長と鹿原の後を追い、俺たちも重い足取りで続いた。綾梨紗がペシンと俺の腕を叩いた。


最後の木製パネルを積み込むと十トントラックの荷台の扉が閉まった。

「では、明日、十五時でお願いします。会社の方へは連絡しておきますので」

部長がトラック運転手へ挨拶をする。軽くクラクションを一度鳴らしながら、トラックは展示会場を後にした。

「さてと、じゃあ、打ち上げと行こうか」

待ってました、とばかりに出張組社員皆が快哉を叫ぶ。

「恭弥ちゃんの妹ちゃんも来るだろう?」

「そうっすよ、せっかくなんだし」

仁志井係長と鹿原に流され、何故か綾梨紗も酒宴に参加することになり、イベント会場近くの居酒屋まで湿った雪を踏みながら進む。

今日は、この時期にしては暖かい方だが、それでも居酒屋へ入った時には身体がすっかり冷えていた。

「じゃあ、とりあえずビールでいいっすか、妹さんは二十歳以上でいいっすよね？」

出張組では最年少の鹿原がテキパキと注文をとり、化粧っけのない綾梨紗の年齢を確認する。

「はい、大丈夫です」

良く冷えたビールとお通しの枝豆が運ばれてくると、部長が乾杯の音頭をとった。

「みんな、お疲れ様。おかげでうちの製品もなかなかの評判で、本格的な商談までいきそうなものが何件かある。本当によく頑張ってくれた、ありがとう。では、乾杯！」

「乾杯！」

冷えたビールが一気に胃へ流れ込み、さらに身体を冷やす。しかし、その後、背中からじわりと身体が熱くなるのを感じる。冬のビールはこれがたまらない。

拍手の後、各々料理を皿に取り、歓談に入っていった。

「恭弥ちゃんの製品説明、詳しかったし中々上手かったよね。かなり勉強したのかい」

「そうですね。勉強もしましたけど、実は左腕の内側に要点をメモしていました」と俺は腕まくりをして、少し消えかかったメモを見せる。

「あっ、ホントだ。用意周到」

ギャハハと係長が笑う。

部長や他の人も俺の腕を覗き込むと歓声と笑い声をあげる。

今回の展示会は部長の言った通り大成功を収め、俺も初めての大仕事をミスなく終えることができ安堵していた。綾梨紗も社員たちとそれなりに会話を交わし、酒は進んでいないが料理には手をつけているようだ。

そして宴席は進み、俺たちは部長を中心に「仕事とは」という泥沼化必至の話題でそれぞれの考えをぶつけ合っていた。

テーブルの端にいる綾梨紗と鹿原の会話が耳に入った。

「すごく年齢の離れた兄妹なんっすねー」

綾梨紗の実年齢を聞いたのだろう、鹿原が驚いた声をあげる。

「年の差なんて気になりません」

綾梨紗が問いかけとは多少ずれた答えをする。

「ところで綾梨紗さんは、彼氏とか居たりするんすか」

酔っ払いの領域に入りかけた鹿原が踏み込んだ質問を投げかける。

「うーん」

綾梨紗は俯き何かを考えているようだ。

「どうなんっすか、気になるなぁ」

「いますよ」

珍しく、他人の前で不機嫌そうな様子だ。

「やっぱ、そうなんっすか。どんな人っすか」

「えーと」と言い、綾梨紗は隣にいる俺の腕を持ち上げた。まるで、痴漢を捕まえたかのように。

「この人です」

それは、今まで聴いた綾梨紗の声で一番冷たいものだった。


みんなと別れ、俺と綾梨紗は大央駅の方へと歩いていた。正確には、何も言わず歩き出した綾梨紗の後を俺が付いていっているのだ。

「ハハハ、眞気澤君も人が悪いな。そうならそうと言ってくれればいいのに」

「恭弥ちゃん、やるねぇ」

「恭弥さん、見習うっす」

みんなの祝福とも冷やかしともとれない声が、まだ鮮明に頭の中に残っていた。

相変わらず、綾梨紗は無言でずんずんと歩いている。

「綾梨紗、寒くないか？」

いつもとは違う服装の綾梨紗を気遣う。

「寒い」

「ほら、これを着て」

信号待ちの時に俺が着ていたコートを羽織らせる。

また暫く黙ったまま歩く。大央駅はもうすぐだ。

俺は走って綾梨紗を追い越すと、くるりと振り返る。

「いい加減に機嫌を直してくれよ。この通り俺が悪かったから」

顔の前で手を合わせ、綾梨紗を拝むような仕草するが、反応はない。上目遣いで綾梨紗を見るとその目には大粒の涙が浮かんでいた。慌てて抱きしめると、俺の胸に顔をうずめて大きな泣き声をあげる。

「私、きょー君との年の差なんて、全然気にしてないのに。きょー君はずっと嫌だったの？　私が子供っぽく見えて嫌だった？」

泣きながら俺に訴えかける。

「きょー君は私の大切な人だから。大切な人だから。私、自信をもって誰にでもそう言って紹介できるのに。きょー君は違ったの？　私、きょー君の大切な人じゃないの？」

人口三百万人を誇る大都市の駅前は忘年会シーズンの東湿野の歓楽街でさえ比べ物にならないほど大勢の人通りや車通りがあった。俺たちにとっては大観衆とも言うべき人の輪の中で綾梨紗は大声で泣き続けた。

「パフェで許してあげる……」

三十分ほど経過し、ようやく泣きやんだ綾梨紗は目の腫れをごまかすためか、キャップを目深に被り直しながらそう言った。

「はい、姫のおおせのままに」

俺はさっき綾梨紗が言った言葉をかみしめながら、とにかくこれ以上、このお姫様の機嫌を損ねないように努めた。

二人とも鼻をすすりながら歩く。綾梨紗は泣いた後のため、俺は寒さにさらされたせいだ。俺のコートは相変わらず綾梨紗が羽織っている。

「姫、こちらのお店などいかがでしょう」

多少目に痛いポップな感じの外装をした店の前にさしかかった。

「よろしくてよ」

綾梨紗はすっかりお姫様気取りだ。助かったと内心思いながら店のドアを開ける。

「いらっしゃいませぇぇ」

女性店員のキラキラした声が店内に響く。四人掛けのテーブル席に案内され、羽織っていた俺のコートを脱ぎ身軽になったお姫様は、早速メニュー表を広げた。

普段であれば二人とも身体を少し捩じるとメニュー表と正対できるようにそれを広げるのだが、今日は綾梨紗だけが正対するように広げられていた。つまり、俺にとっては字が逆向きになっているのである。まだ少しご機嫌ななめかなと思いつつ水を口に含む。

「三つね」

「えっ、三つ？」

「静かに」

シーッのポーズをとりながら綾梨紗が言う。

「きょー君はこれとこれを頼んで。私はこれね」

店員には俺が二つ、綾梨紗が一つ食べるように注文し、実際は綾梨紗が三つ食べるというシナリオらしい。

「はい、姫のおおせのままに」

店員を呼ぶと指示された通りの品とホットコーヒーを注文し、その後、パフェプリンセスがわざとらしく、私はと言いながら三つめのパフェを注文した。

「コーヒー、少し飲ませてね」

「うん。あのさぁ綾梨紗、今日は本当にごめん。俺が間違っていた」

綾梨紗は黙っていた。気まずい空気が流れる。やがて、三つのパフェとホットコーヒーが到着した。

色とりどりのそれを全てパフェ神に奉納しようとする俺を制しながら、「違うの。きょー君の前に二つ置いておくの。はい、スプーン持って。じゃあ、一口だけ食べて、それらしくスプーンを汚して」と少し小声で綾梨紗が指示をする。

言われた通りに俺が行動すると、さっき俺が言ったことに対してようやく綾梨紗が返事をした。

「きょー君、優しいから私に気を使ってくれたんでしょう？」

俺が同僚に綾梨紗のことを妹だと紹介した件だ。

「きょー君は私の大切な人だし、私、きょー君の彼女なんだって自信を持ってる。だから、妹だなんてもう誰にも言わないで。ちゃんと彼女だって言って欲しい」

「ああ、約束するよ」

「でも、なんか生意気なこと言っちゃって、お留守番の約束も破っちゃったし、お仕事の邪魔もしちゃったし、私もごめんなさい」

被っていたキャップを脱ぎ、両手を膝に当て頭を下げる綾梨紗。

顔を上げ再び俺を見つめる綾梨紗は、まだ赤みを帯びた目で何かを訴えている。

「えーと、これかな？」

俺は目の前にある三つのパフェのうち、綾梨紗が今、この瞬間に食べたいと考えているであろうイチゴのパフェを、綾梨紗の口のサイズに合うようにスプーンで掬い取った。

「ブーッ」と綾梨紗が胸の前で両手を交差させ、大きな×印を作った。

「では、罰ゲームです。大きな声でリピート・アフター・ミー」

俺は思わず頷いてしまった。

「俺にとって綾梨紗は。ハイ」

なるほど、歯の浮くようなセリフを大声で俺に言わせようとしているのだ。

「俺にとって綾梨紗は。ハイ」

「ハイは余計なの！」

綾梨紗の頬が少し膨らむ。機嫌の良い時に見せる、構ってほしい、甘えたいのサインだ。

俺はやっと心底ほっとし、肩の力を抜いてハハハと笑った。綾梨紗もいつものように頬は膨らませながらも目元は笑っていた。

俺が同僚に「妹だ」と紹介したことで、綾梨紗には相当悔しく情けない思いをさせてしまった。この四か月、綾梨紗は本当に俺に優しくしてくれ、大切にしてくれていた。それなのに、俺は。

俺は心の中で綾梨紗に謝罪すると共に、俺にとっても綾梨紗は本当に大切な存在だと呟いた。

何となく気恥ずかしかったんだ。綾梨紗のような素晴らしい子が俺の彼女だなんて、何だかもったいないような、申し訳ないような、年の差のことももちろんある。

年の差を恋愛の障壁として見ていたのは、完全に俺だけだった。俺の想像よりもずっと、この子の考え方は大人なんだ。

パフェの店を出た後、「独りで帰れるもん」と言う綾梨紗だったが、俺は綾梨紗と共に夜行バスで帰ることにし、同僚にはその旨を連絡した。幸せそうな笑顔で三つのパフェを平らげ、機嫌を直してくれたとはいえ、綾梨紗のことが何となく心配だったのだ。

俺が宿泊する予定だったホテルをキャンセルして夜行バスのチケットを購入すると、綾梨紗の甘えモードが発動した。

背中に綾梨紗、胸の前に大きなリュックサック、両手にはお土産の紙袋とアタッシュケースという恰好で、すれ違う人が皆、俺を二度見する中、俺はバスターミナルへ向けて歩き出した。

幸いなことに夜行バスは綾梨紗と同じ並びの座席をとることができた。綾梨紗は俺の隣の席に移動し、俺の左腕に抱き着いたまま眠りについた。俺はカーテンを少し開け、車窓の外を流れる道路照明灯の光をぼんやりと見つめながら、大粒の涙と共に綾梨紗が訴えたことを深く心に刻み込んだ。

「もう二度と、綾梨紗を泣かせるようなことはしない」

思わず心の声が口をついて出てしまった。運転手がバックミラー越しにちらりと俺を見たが、羞恥心は微塵も感じなかった。

何ならもう一度言おうか、と珍しく強気に心の中で運転手に話しかけた時、綾梨紗がさらに深く俺の左腕に抱き着いた。俺は綾梨紗の寝顔を暫く見つめてからカーテンを閉じ、座席に深く身を預けた。

綾梨紗は一途に俺のことを想ってくれている。嬉しいことだが、これがいつかとんでもない事態を招くのではないか。

それと綾梨紗に聞かなければならないことがあったような……。

そんなことが一瞬、頭をよぎったが、すぐにバスの揺れに意識が同化していった。

第四章　願い事

八月上旬　週末（土曜日）

「やっぱり、東湿野は涼しいな。向こうに比べたら寒いくらいだ」

空港のターミナルビルの玄関を出た瞬間、涼しい風が俺と綾梨紗の身体を吹き抜けた。

夏の間だけ運航している東北との直行便を往復利用し、レンタカーでラーメンを食べ歩くという旅を終え、俺たちは冷涼な気候を売りにしている東湿野へ戻ってきたところだった。

「この天気なら、花火大会できそうだね。みどりさんに連絡しなきゃ」

今日は年に一度の漁港祭りの中日、花火大会が開催される日だ。綾梨紗は副島さんと浴衣の着付けをし合う約束をしているようだ。

「はい。じゃあ、一時間後にお願いします」

空港を出て綾梨紗を送った後、俺は一度自宅へと戻った。

丸三日間、閉め切っていた部屋はいくら涼しい地域とは言ってもサウナのようだった。

慌ててあちこちの窓を全開にする。

ソファーへ身体を沈め、一息つくと旅の余韻に浸る。

五月に九州へ行って堪能したラーメンもそうだったが、今回の東北のそれも充分に俺の胃袋を満足させてくれた。宿泊した温泉旅館での夜食を含めると、四食ラーメンを食べた日もあった。綾梨紗は塩分やカロリーを気にしていたのか、スープをほとんど飲まなかったが……。

そんなことを考えていると、俺は「美澄」のラーメンが恋しくなった。

暫くして着付けが終わった旨の連絡を受けた俺は、綾梨紗の家へと向かった。

「……どう?」

浴衣の袖を広げ、少しはにかみながら俺の前で一回りする綾梨紗。

「かっ、可愛いの特盛かよ！」

赤とピンクの花柄の浴衣姿もそうだが、アレンジされたまとめ髪も初めて見る綾梨紗だ。

『花浴衣　くるりと回る　恋乙女』

ハッ！　俺はまたわけの分からないことを……。

「えへへへへへへ」

綾梨紗は本当に嬉しそうだ。

「まぁまぁ、ごちそう様です」

副島さんがにやけた顔を俺たちへ向ける。

「副島さんもね」

「えっ、あっ、ありがとうございます」

綾梨紗と同様に浴衣に着替えていた副島さんは、耳横の後れ毛に手をやる。

ピリリリリッ。副島さんのバッグの中身がけたたましい音を立てた。

「ちょっと、ごめんなさい」とバッグからスマホを取り出し応答する。

「分かりました。すぐ行きますぅ」

「みどりさん、月曜日、お土産のラーメン渡しますね」

「ありがとう、アリス。気を使ってもらっちゃって。じゃ、恭弥さん、また」

俺は右手をひらひらさせて応えた。

玄関先で綾梨紗は着付けのお礼を言うと彼女を送り出した。

「副島さんは、誰と花火に行くの？」

「彼氏候補だって」

「ふーん。あっ、マグカップは俺が洗うよ」

浴衣の綾梨紗に代わり、三人分のカップを洗う。

「さてと……」

機嫌の良い綾梨紗へ、俺は思い切って言ってみた。

「花火の前に『美澄』に行かない？」

「美澄」の中休みが終わる十七時を目掛けて俺たちは家を出た。

「浴衣だから、今日はおんぶなしだぞ」

「うん！」

繋いだ手を大きく振りながら、綾梨紗が返事をする。

空はまだ青い部分を残してはいたが、低いところでは茜色が顔をのぞかせていた。この気温なら浴衣でも寒くはないだろう。少し湿った空気の匂いを嗅ぎながらゆっくりと「美澄」へ向かった。

ガラス戸に手をかけると意外にもスムーズに開いた。

「らっしゃい。おう、恭弥に、綾梨紗ちゃんも」

マスターに向かって、俺は手をひらひらさせ、綾梨紗はお辞儀をする。

「綾梨紗ちゃん、今日は一段と可愛いらしいじゃないの。ところで、こいつに泣かされていないか？」

マスターがにやける。

「えへへ。全然そんなことないですよ」

食券を購入し今日はカウンター席へ座った。

「マスター、あのドア……」

「おう。客の一人が勝手に何かのスプレーを吹き付けてな、それで直ったのさ。おかげで、腕の筋力が落ちたぜ」

ガハハと逞しい二の腕を俺たちに見せつける。

客はまだ俺たちだけだった。

「今日は特別に新しい湯切りを見せてやろう。まだ練習中だけどな」

茹で上がった麺が入ったテボを両手に持ち、厨房の奥へ下がるマスター。

ごくり、と俺は唾を飲んだ。

素早くダッシュし、前より少し痩せた身体を宙に浮かせる。ここまでは、以前と同じだ。次の瞬間、フィギュアスケートの選手よろしく、身体を横に一回転させ、着地と同時に排水溝へ湯気を含んだ水滴を落とす。

「熱っ！」

傍にいた半袖の店員が腕を押える。空中を漂った水滴は、少し熱い風呂の湯くらいだろうか。

「おう。すまねぇな。やっぱりダメか。どうしても、水滴が横にも飛んでいくんだ」

「マスター、スピードが少し足りないのでは？」

「私、縦回転の方が良いと思います」


「美澄」を出て漁港広場の方へと向かうと、浴衣を着た人たちが多く目に入る。

「年に一度の花火だからな。やっぱり俺も浴衣を着た方が良かったかな」

今日は寂れゆく街の全市的行事なのだ。以前に比べ産業が徐々に衰退しているこの街は斜陽の街とも呼ばれている。何年か前の飲み会で先輩が言っていた言葉を思い出す。

『斜陽？　太陽が昇ったことすらありませんでしたが、何か』

「来年はきょー君も浴衣だね」

当然のように、来年も一緒に花火を見る気でいるのだろう。もちろん、俺もそうだ。

漁港広場には多くの露店がひしめいていた。ラーメンを食べたばかりとは言え、焼き鳥や綿あめの匂いに食欲が刺激される。花火の打ち上げまでには、まだ一時間ほど間がある。俺たちは焼き鳥とビールを買い、ガーデン用テーブルが数多く並んだコーナーへ向かった。

「あれ、恭弥さん？」

とあるテーブルの横を通った時、俺に声をかけてくる男性がいた。

声がした方を見ると、以前、教育委員会で一緒だった笹生《ささお》が立っていた。

「やっぱり、恭弥さんだ。お久しぶりです。それと、商業振興課の」

「久しぶりだなぁ」と俺は手を挙げ、綾梨紗も会釈をする。

「どうです、ここ」

笹生は自分が座っているテーブルの空いている二脚の椅子を持ち、俺たちの前へ置いた。

笹生の連れの女性が俺たちに会釈をし、椅子ごと彼の方へずれる。

「それにしても、懐かしいですね。と言いますか噂になっていますよ。恭弥さんが若い彼女に働かせて、悠々自適な毎日を送っていると」

ニヤリとした視線を俺と綾梨紗に送る。

「そんな噂が？　俺だってちゃんと働いているよ」と笑顔で返す。

「あっ、紹介が遅れました。妻の佳奈子です。去年、結婚しまして……」

奥さんが改めて会釈をする。

「へぇ、知らなかった。おめでとう」

あの頃は新卒だった笹生も、もう三十歳をとうに超えたはずだ。世間一般では所帯を持っていてもおかしくはない。奥さんも同年代のようだ。

「ありがとうございます」

夫婦揃って頭を下げると旦那が続けた。

「恭弥さんの方はそういう予定はないんですか」

「いや、ちゃんと考えているよ」

綾梨紗が俺の方をちらりと見る。

「早ければ年内にね」

ボフッという音が聴こえ、俺たち三人は綾梨紗の方を見た。

「まぁ、こんなに若くて可愛い子なら、そうですよね。でも、結構、年の差があって大変じゃないですか？」

笹生がにやける。

さっきから佳奈子さんが俺と綾梨紗の顔を見ていた。彼女も気になっていたのだろう。

「それは大丈夫さ」

「愛があれば、ってやつですか？」

笹生が更に物凄いにやけ顔をした。

俺は白い歯を見せながら、立てた親指を笹生へ向けた。

「せっかくだから、岸壁の近くまで行こう」

俺は綾梨紗の手を引き、少しでも近くで花火を見るために水音のする方まで歩いた。俺と同じ考えの見物客で岸壁は立錐の余地もないといった具合だった。背の低い子供の後ろに綾梨紗を立たせる。

「ねぇ、さっきの話、本当？」

「何？」

「だから、年内にって」

結婚の話だ。

「ああ、本当だよ。父の一周忌が終わったら……」

突然、空気を切り裂く音がし夜空に光の輪が生まれた。開幕を告げる一番小さなサイズの花火だ。今年の花火大会の目玉は東湿野では初めてとなる五尺玉らしい。間を置かず色や形の異なる花火が次々と夜空に舞っていく。俺たちは手を握ったまま、その音と光を楽しんだ。やがてラストを飾る五尺玉の打ち上げのアナウンスが流れた。

息をのんでその瞬間を待っていると、今までの花火が残した煙が消え遠く離れた海上で何かが光った。目を凝らすと天に向かって黒い物体が飛んでいる。俺の手を握る綾梨紗の力が強くなった。

輝く大輪の花が夜空に咲くと同時に「ピロロポリルンッ」という音が隣から聴こえたが、それはドンという大音量に上書きされた。

観客の誰からともなく拍手が沸き起こる。それはこの街の短い夏を惜しむものでもあった。

拍手の中、俺はあの不思議な音について思い出そうと努めた。これまでに何度か聴いたことのある音色。今日のように綾梨紗と一緒の時に聴こえたり、他の場面でも聴いたことがある。そうだ、父の葬儀の時に火葬場で思い出した記憶によると、それは願いが叶う呪文のことだ。色々あってすっかり忘れていた。

綾梨紗はあの呪文のことを知っているということか！

「きょー君、帰ろう」

綾梨紗の声で我に返ると俺たちの周りからはすっかり人垣が消えていた。

「うん。ごめん、余韻に浸っていたよ」

「綺麗だったね」

「そうだね」

俺はまだあの音のことを考えていた。

「もう、そこは君の方が綺麗だよ、でしょ！」

笑顔で頬を膨らませるという、綾梨紗の代名詞が炸裂する。

「キミノホウガキレイダヨ」

「えへへへへへへへ」

何だ、棒読みでも良いのか。

「私、今日は機嫌が良いから、特別に今ので許してあげるね」

「ん？　う、うん」

俺のプレ・プロポーズとでも言うべき、あの言葉のおかげか。

「ねっ、ギョコーマートであのワイン買おう。お祝いだから」

「いいね」

浮かれる綾梨紗を見ていると俺も幸せな気持ちになる。

何故、綾梨紗があの呪文のことを知っているのか。そして、あの音にまつわる重要な何かを忘れている気がした。

早く思い出さなければ、俺は妙な胸騒ぎも同時に感じていた。

八月上旬　平日（月曜日）

「というわけで、花火もそこそこに、帰ってきちゃったわけよ」

「そうでしたか」

市役所庁舎地下の食堂で、昼休みにみどりが花火大会デートの顛末を綾梨紗に聞かせていた。密談テーブルには先客がおり、仕方なく四人掛けテーブルに座っている。

「第一印象は優しそうな人だと思ったんだけどねぇ。ところでアリスはどうだったの」

「私は、良かったです。えへへ」

恭弥に言われたことを思い出し、にやける綾梨紗。

「まさか、プロポーズされちゃった？」

みどりが小声になる。

「正式ではないですけど、それに近いです」

「ちょっとお、やったじゃない！」

今度は大声を出すみどり。嬉しそうに綾梨紗を抱きしめる。

「おっ、何だ？　盛り上がってるじゃないか」と戸崎が空いていた椅子へ腰かけ、多仁原も続いてやってきた。

「何か良いことでもあったのかい」

多仁原が綾梨紗へ尋ねる。

「えへへ。ちょっと……」

「何だよ、アリスちゃん。あの時よりも更に表情が明るいな。彼氏でもできたか」

今度は戸崎が聞く。

あの時とはピクニック帰りの笑顔に包まれた車内のことだろう。

「はい、できました」

恭弥からのプレ・プロポーズと大輪の花火を前に願い事をした件を思い浮かべ、すっかり気を良くしていた綾梨紗は隠すことなく堂々と答えた。

「良かったなぁ、多仁原！」

バシッと何故か多仁原の背中を叩く戸崎。

「えっ、えぇ」

戸崎を軽く睨むと多仁原がまた綾梨紗へ尋ねた。

「誰？」

「えーと」

その答えには綾梨紗もブレーキをかけた。

「いいじゃない、アリス。個人名は言わないから、このモテない二人にヒントを出して良い?」

「は、はい……」

「回答者のお二人も、もし分かっても個人名は言わないでください。では第一のヒントは、市役所の職員ではありません」

「何だよそれ、範囲が広すぎるだろ」

具のないスープカレーを食べながら、戸崎が不満を口にする。

「まぁまぁ、戸崎。第二のヒントはあんたが食べている、それよ」

「ん、カレー?」

「あの、みどりさん。本当はカレーじゃなくてラーメンの方が好きなんです、その人」

「あっ、そうよね」

みどりは先ほど綾梨紗からもらった、ラーメン食べ歩き旅のお土産を見つめた。

「いつも自宅のバスタブ一杯に鶏がらスープを作っていたのよね」

「それは、さすがに……」

他人の噂とは本当に恐ろしいものだと綾梨紗は思った。

「そうか」

多仁原は気が付いたようだった。

「最後のヒントは、綾梨紗と同じ職場に居たこともあります」

「わかった。まきざ……」

戸崎は慌てて自分の口を押えた。

女性陣は否定も肯定もしなかったが、赤い顔をしている綾梨紗を見て多仁原は全てを理解した。少なくともあのピクニックの時から綾梨紗は眞気澤のことが好きだったのだと。

「へぇー、いつから？」

戸崎が残り少なくなったカレーをかき込む。

「付き合って、十か月半です」

「水臭いじゃないか。そんなに長い間、俺たちに黙っているなんて」

笑顔で抗議する戸崎とは対照的に多仁原は尖った眼をしていた。

「ごっ、ごめんなさい。隠すつもりは……」

「いやいや、別に良いよ。じゃあさ、お詫びにと言っては何だけど、惚気話でも聞かせてよ。みどりも聞きたいだろ」

戸崎はみどりに笑顔を向ける。

「私は女子会で聞いているから、今は別に」

「俺たちモテないからさぁ、そういう話を聞いて参考にしたいわけよ」

さっきみどりに言われた、モテない二人というのを根に持っているのだろう。

「アリスちゃん、お願い」と戸崎は笑顔で懇願した。

深呼吸を一回すると、綾梨紗は話し始めた。

「えっと、じゃあ。その人は一度眠りに落ちたら、朝まで起きません。大きな地震があった時も、子供みたいにスヤスヤ寝ていました」

「へぇー、そうなんだ。神経質な人かと思っていたけどな」

コップの水をゴクゴクと飲み干し、戸崎が続けた。

「それってさぁ、寝る前に激しい運動とかしたからじゃないの?」

戸崎は漫画のようないやらしい目を綾梨紗へ向ける。

「ちょっと戸崎、あんた最低ね、付き合いの長い私もドン引きよ。まったく」

みどりはその視線を遮るように、風呂上がり以上に真っ赤になった綾梨紗を抱きしめながら、戸崎に釘を刺した。

「何だよ、冗談だって。多仁原ならわかってくれるだろう?」

「僕も不愉快です。失礼します!」

多仁原は乱暴に椅子から立ち上がると、半分以上食べ残したミルフィーユ鍋を持ち食器返却棚へ向かった。

「何だよ、アイツ。機嫌悪いなぁ」

「あんたが悪いのよ」

みどりは白い眼を戸崎へ向けた。

「アリスちゃん、何かごめんな」

「いいえ、私は……」

綾梨紗は、普段、温厚な多仁原の仕草に少し驚いたが、軽率な発言をしてしまった自分を責めていた。

八月中旬　週末（土曜日）

漁港祭りが終わると、あっという間に盆の入りを迎える。

去年亡くなった父のために、俺は自宅に僧侶を招き読経をしてもらった。

あれから、あっという間に十か月が経ったのだ。父を恨んでいると思っていた頃より、やはり今は随分と心が穏やかだ。あの頃は父への反発心をバネに、ただがむしゃらに自分の感情を押し殺して突き進んでいたが、今は自分の気持ちに正直に生きられるようになってきた気がする。隣に座っている綾梨紗と出会えたことも大きな要因であると言っても良いのかもしれない。

キャンプ場の書き入れ時にもかかわらず、今日は坂見場長と恩田さんも父のために来てくれていた。

「ありがとうございました」

玄関先で僧侶を見送る。

リビングに戻るとキャンプ場の二人も父に暇の挨拶をしていた。

「じゃ、恭弥さん、綾梨紗さん、今日はこれで」

「今、お茶を淹れますよ」と綾梨紗が勧める。

「いえ、職場に戻ります。どうぞ、お気遣いなく」

俺は二人を駐車場で見送ることにした。

場長がタバコに火を点け携帯灰皿を取り出す。

「恩田君の車で来たもんですから」

「ごゆっくり」と恩田さんは先に車へ乗り込んだ。

「うちで吸っても良かったんですよ」

俺も場長に付き合い、ポケットからタバコとジッポーライターを取り出す。

さすがにそれは、と場長が顔の前で手を振る。

こうして煙に包まれながら、場長とは色々な話をしたなと、懐かしく思い出す。そう言えば葬儀場の喫煙所で、『儀式』のリスクのことを話していたっけ。

「ところで、父が行った『儀式』のことなんですが、やっぱりリスクはあるのでしょうか」

俺はそれとなく場長に聞いた。

「えっ、あぁ、あれですね。奈加別の年寄り連中の話では願いが叶った者には良くないことが起きると言っていましたね。何か気になることでも？」

場長が怪訝な表情を浮かべる。

「あっ、いいえ、特に。ふと思い出しただけです」

そうだ。俺が思い出さなければと考えていたことは、このリスクについてだ。

父は多分、『儀式』を行った時点で余命が幾ばくもなかったため、リスクのせいで亡くなったわけではないのだろう。願いが叶ったのかさえも分からないが。

綾梨紗は俺の知る限り三度呪文を唱えている。

何を願ったのだろうか。そして、それは叶ったのだろうか。幸い綾梨紗は体調を崩したり、危険な目に遭うようなことはなかった。

願いは叶わなかったのか、それともリスクなんて迷信にすぎないのか。願いを叶えた者を妬んだ誰かの負け惜しみが、今に危険な目に遭うに違いないと大袈裟に広まっただけではないのか。

「そうそう、神様から呪文を聞いたら脳に焼き付いて絶対忘れられないらしいです。まぁ、様々な伝説がある湖のことですから、何が起きても不思議ではないですよ。私はそう信じています。ただ、キャンプ場に来るお客さんには、『儀式』のことは伏せておきたいですね」

苦笑いをして助手席に乗った場長を運転席の恩田さん越しに見ながら「ありがとうございました」と一礼をして見送った。

部屋に戻ると綾梨紗が写真立ての中の母と俺を見つめていた。

「改めて思ったけど、きょー君、お母さんにそっくり。だから、そんなに可愛い顔なのかな？」

「なっ、何だよ急に」

「ねぇ、卒業アルバムとかないの？」

「カプセルに詰めて、ロケットで土星のあたりに捨てたよ」

「嘘。私、きょー君のことなら何でも分かっちゃうのよねぇ」

誰かの受け売りっぽい台詞を吐き、綾梨紗はサイドボードのガラス戸を覗いた。

「あっ、これかな？」

「さっき、見つけていたんだろう？」

「えへへ。見ても良い？」

「ダメと言っても、この部屋の空気が薄くなるくらい、頬を膨らませるんだろう？」

「じゃあ、失礼しまーす」

それから二時間、綾梨紗は俺の小・中・高の卒業アルバムを見て、一人で盛り上がっていた。


「明日、私もお寺に行く」

断っても現地に現れるに違いないと思った俺は、助かるよと綾梨紗へ返事をした。そして今日は綾梨紗の家へ泊まり、明日は朝から供花やお菓子を買ってお寺に行くことに決めた。

夕食後、俺たちは体育座りでお互いの背中にもたれ、俺はスマホで『世界のお寺３００選』という動画を視聴し、綾梨紗は結婚情報誌を見ていた。

俺は思い切って、綾梨紗にあの話を切り出した。

「なぁ、綾梨紗。アシムカエの儀式って知ってる？」

「えっ、アシ……何」

「ナカンペ湖で霧の中、湖に向かって石を投げ、神様を呼び出すという儀式さ」

「あっ……」

綾梨紗の背中が緊張しているのが分かる。

「その神様が何でも願いが叶う呪文を教えてくれる。綾梨紗は知っているんだろう?」

「うん。神様だと思うけど、私、おじいさんに会ったの」

綾梨紗は雑誌を閉じた。

「軽蔑されると思って、きょー君には内緒にしていたの」

「えっ、どういうこと」

振り向かずに俺は聞いてみた。

「私がきょー君と恋人同士になれたのは、その呪文のおかげだから」

つまり、綾梨紗が願ったこととは……。

「だって、どうしてもきょー君に会いたかったし、私のこと、好きになって欲しかったから!」

俺は後ろから綾梨紗を抱きしめた。

「俺が綾梨紗を好きになったのは紛れもない自分の意思だ!」

「本当に？」

やはり涙声になっている。

「本当さ」

よく分からないが、心の中でそう叫んでいる。それが根拠だ。

「うん」

綾梨紗が俺の手を掴んだ。

「俺も神様に会った、キャンプの時に。でも、夢か幻だと思っていた」

「えっ、そうだったの？」

「ああ。でも、何を願ったのか、そもそも願い事をしたのかさえ覚えていない。父との思い出や坂見場長の話を繋ぎ合わせて、綾梨紗が呪文を唱えていることにやっと気が付いたんだ」

「そう、私のお願いはね……」

綾梨紗は俺の想像以上上、五回の願い事をしていた。
一、ナカンペ湖へピクニックに行った時、「まきさんに会いたい」
二、「美澄」での再会の直前、「まきさんと上手く会話したい」
三、自宅で手料理を振舞った後、「まきさんに私のことを好きになって欲しい」

四、角円木材の面接の日、「まきさんが採用されますように」
五、花火大会で五尺玉が打ち上がった時、「きょー君とずっと一緒にいたい」
「えっ、そんなに？」

俺は頬を掻いた。

「うん。最後のお願い以外は、今のところ全部叶っていると思うの」

「確かに」

「だから、このすごい呪文のおかげで、きょー君が私のこと、好きになってくれたんだって」

また綾梨紗が涙ぐむ。

「違う、違うんだ、呪文の効果なんかじゃない。俺はずっと前から……」

突然、キーンという酷い耳鳴りに襲われた。

「ぐっ……」と両耳を抑えた俺の方へ「どうしたの？　きょー君？」と綾梨紗が振り返る。

「つっ、大丈夫、だ」

何だ、何か重要なことを思い出しそうだ。防音ガラスの向こうで誰かが何かを叫んでいるような……。

「大丈夫……なの？」

涙とホッとした表情を浮かべ、綾梨紗は言葉を続けた。

「それと、少し心配なことがあって」

「心配？」

「うん。きょー君に会ってから、良いことばっかり続いてるから、そのうち悪いことが起きるんじゃないかなって。神様にもいっぱいお願いしちゃったし」

無意識のうちに、綾梨紗は呪文のリスクを理解しているのだろう。

「人生って、良いことと同じくらい悪いことが起きると思うから」

俺は俯く綾梨紗の両手を握った。

「俺は良いことの方が多いと思っているよ。えーと、何でかと言うと……」

綾梨紗を安心させるため俺なりの理論を聞かせた。

「人間はみんな、幸福になりたいと思って色々な努力をするだろう？　幸福と不幸が同じだけ訪れるなら努力するだけ無駄だと思うはずだ。もちろん努力しない人のところには幸福は訪れない。頑張れば頑張った分だけ幸せになれると多くの人が信じているからこの世界は成り立っているのだと思う。生きているうちは良いことが多くあって、死というものを迎えた時に、プラスマイナスゼロになるんじゃないかな、と俺は思う。そして、綾梨紗は頑張り屋さんなんだから、良いことばかりでも可笑しくはないだろう？」

「うん、ありがとう」

突き詰めればボロが出る理論かもしれないが、とにかく今は俺が話を切り出したせいで、不安な気持ちにさせてしまった綾梨紗の心を和ませるため俺は必死だった。

「それに」と俺は更に続けた。これは半分以上、俺の願望が込められているのだが……。

「綾梨紗の願い事は、自力で叶えたものじゃないかな。俺に会えたのは、よく『美澄』の周りをうろついていたからだろう？　マスターに聞いたぞ」

俺はわざと冷やかすような笑顔を綾梨紗に向けた。

「うん」

赤くなった綾梨紗が俺の膝を軽く叩く。

「俺と上手く会話ができたことだって、綾梨紗が頑張って話題を振ってくれたからだし、俺が綾梨紗のことを好きになったのは、手料理とミニスカートのおかげかもね」

綾梨紗がまた俺の膝を叩く。今度は少し強めだった。

「えろじじい」

まだ涙は光っているが、笑った目と膨らんだ頬。だいぶ、不安が解消されてきたようだ。

「冗談だよ。俺が今の会社に入れたのは、何を隠そう俺の才能と、綾梨紗が精神的な支えになってくれたからさ」

俺は親指を立てた。

「うん。何だか安心したかも」と両手で涙を拭う。

俺は切に願っていた。全ては綾梨紗が自分自身の努力によって叶えたものであってほしい。

リスクの話はあまり信じてはいないが、それでも不思議な呪文の関与は一切なかったのだと。

「さすが、私のきょー君」

すっかり涙を拭い、綾梨紗に笑顔が戻った。おこがましいことだが、二人が出会ってから俺がコツコツと積み重ねてきた信頼感の賜物かもしれない。

「残念ながら、俺は俺のもの、綾梨紗も俺のもの、です」

俺は舌を出した。

直後、俺の膝は三度目の平手打ちを食らった。

「意地悪。でも、それで良いの。私、絶対、ずっと、ただきょー君についていくから。最後のお願いも自分で叶えるの！」

綾梨紗のこの言葉は、後に、俺に最悪の選択をさせることになる。

そして、その夜。

また、あの夢か。

緩やかな暗闇の坂道を上り光をくぐると、ほら、海が見える草原だ。少し潮風の香りがするだろう、そして、目覚める。

俺は何回か見ている夢を第三者の目線から解説していた。しかし、今日の夢にはもう少し続きがあった。

うん、海の前に崖？　それに、俺は誰かの手を引いている。止まれ、それ以上進んだら……。

俺なのか、俺たちなのかは分からないが、夢の中の人物は何の躊躇もなく断崖絶壁から海へ飛び出す。身体がフワッとした感覚で目が覚めた。

「うわっ！」と叫びながら上半身を起こす。

俺の左腕を誰かが掴み「大丈夫？」と聞いた。

「あぁ、綾梨紗。大丈夫だ」

「怖い夢でも見たの？」

「いや、何か、変な夢だ」

俺は再び横になる。

「ママは可愛いきょー君が眠るまで、ずっと見ていてあげますからね」

クスッと笑いながら俺の頭を撫でる綾梨紗。

「今度は子供扱いかよ。たまに年寄り扱いしてみたり、まったく」

「あれ、もう寝ちゃった？」

『恋人の　寝顔に想ふ　未来の子』

えっ、私、どうしてこんなことを、それに、『想ふ』って？

『馳せる』の方が良いかな、それとも『寝顔重ねる』かな？

寝なきゃ。


翌朝、まずは父と母への供え物を買いに行こうと車のドアに手をかける。

「痛てっ！」

俺は慌てて手を引っ込める。

「どうしたの？」

綾梨紗がボンネット越しにこちらを覗き込む。

痛みを感じた左手を見ると、中指と薬指の先に小さな針で刺したかのような傷があった。恐る恐る車のドアノブを見ると、内側に何かの植物が挟まっている。俺は痛む指を咥えながら車のキーで上からその植物を突き、地面へと落とした。

しゃがみ込んでよく観察してみると、それは棘のついたハマナスの枝だった。偶然、風で飛んできた枝の一部がここに挟まったのかと考えたが、表面の一部は人為的に削られているようでもあり、透明の接着剤のような液体がそこにこびりついていた。

悪質ないたずらなのか、まさかと考えていると、車の前方を回って綾梨紗が俺のもとにやってきた。

「なぁに、この枝?」

何でもないと指を咥えながらもごもごと喋る俺に気づいた綾梨紗は「怪我をしたの?」と目を丸くした。両手で俺の左手をつかむと、強引に自分の顔の前に持っていき傷口を見る。

「一応、消毒しよう。ね?」

と俺を引っ張り自分の部屋へ向かった。

八月中旬　週末（日曜日）

　この地域に長く住んでいる人たち、特に老年層はお盆を過ぎ少しでも冷たい夜風が吹くと「もう秋風だね」と言いがちだ。夏を終わらせたがるのだ。それは、この地域が昔から冷涼な気候だったからだろう。

　近年は地球温暖化の影響か、気温が高めの夏がだらだらと続いていたが、去年と今年は昔の気候に戻ってしまったかのような短い夏だった。

　秋の気配が感じられるようになってきた、とある日曜日、俺たちは久しぶりに綾梨紗の家の近くにある洋食屋「どろ柳」で昼食をとった。

　帰り道、綾梨紗と並んで横断歩道を渡る。

「でね、その『となりの動くぽろぽろ』っていうアニメ、すごく怖いらしいの。今度一緒に見てね」と俺の方を向いて見たいアニメの話をする綾梨紗。

「ああ。面白いらしいね」

　ふと綾梨紗の斜め後方から近づく巨大な物体が見えた。

「綾梨紗っ！」

　咄嗟に綾梨紗を抱きしめるように押し倒すと、そのままくるりと回転し綾梨紗を身体の上に載せるように倒れ込んだ。これが火事場の馬鹿力というものか。

右折してきたダンプカーの後輪が俺の足元をかすめる。ダンプカーはそのまま何事もなかったかのようにスピードを上げ走り去った。

「怪我はないか」

やや放心気味の綾梨紗の無事を確認する。

「大丈夫。きょー君は？」

「俺も何ともない」

信号待ちをしていた車の運転手が窓を開け、「大丈夫ですか？」と叫んでいる。俺は綾梨紗と共に立ち上がり右手を挙げて運転手に応える。周囲の安全を確認しながら綾梨紗の手を引き、横断歩道を渡り切ると俺は深く息を吐き出した。

「まったく、危険な運転をするもんだ」

信号が変わり停車していた数台の車は俺たちの無事を確認しつつ、ゆっくりと発進していった。

綾梨紗は半べそをかき、両手で俺の右手を強く握る。

「ボディガード料、三百円だぞ」と冗談めかして言いながら、綾梨紗の頭の上にポンと手を載せる。

それから俺たちは無言のまま、いつもより慎重に家路についた。

八月下旬　週末（土曜日）

八月も終わろうかという頃になり、それまでの涼しい気候が嘘のように蒸し暑い日が続いた。

俺たちは黄陽町のショッピングモールで夕食を済ませた後、閉店間際の店内でウインドーショッピングをしていた。

東湿野市と黄陽町の境には多くの商業施設が立ち並んでおり、中でもこのショッピングモールは地下駐車場を有し、天気の悪い日でも雨に濡れずに店内へ入ることができるため、今日のような大雨の日は特に周りの商業施設よりも多く客を集めていた。

俺たちは建物の二階にあるテナントをしらみつぶしに渡り歩いていた。

「おっ、このスマートスピーカー良さそう」

「名前、九文字で呼び易そうだね」

一通りテナントを物色し、そろそろ帰ろうかとどちらともなく口にすると、俺はふとこの建物の高い位置にある天窓を見上げた。外はまだ大雨が降り続いているようで天窓には絶えず水が流れていた。

その時、大きな雷鳴が響き建物内の空気が振動した。綾梨紗をはじめ多くの女性客の悲鳴が響く。

「近くに落ちたな」と言う俺にしがみつき震える綾梨紗。

次の瞬間、建物内の照明が次々と消えていった。再び悲鳴をあげる女性客たちへ追い打ちをかけるように大きな雷鳴が響く。綾梨紗は俺にしがみついたままその場にへたへたと座り込んでしまったようだ。

「綾梨紗、大丈夫か？」

「きょー君、怖いよ」

おびえた声を出す綾梨紗。

懐中電灯を持った警備員が、「みなさん、落ち着いてください。照明はすぐ回復しますから」と店内を回る。どうやら自家発電設備があるようだ。

俺はポケットからスマホを取り出し、ＬＥＤライトを点けた。俺のジーンズの膝の部分を鷲掴みにした綾梨紗が不安そうに俺を見上げている。警備員の言う通り、間もなく店内には普段通りの明るさが戻った。

よし、と言いながら尋ねる。

「綾梨紗、立てるか？」

「……ダメみたい。腰が抜けちゃって」

そんな綾梨紗を愛おしく思うと同時に一刻も早くここから離れなければと、妙な胸騒ぎに突き動かされた。

「仕方ないなぁ」

綾梨紗の膝の裏と脇に腕をまわし、そのまま抱きかかえる。少し驚いたような表情を見せた綾梨紗だったが、俺の首に両手をまわし、しっかりとしがみついた。

そのまま早足で五、六歩進んだ時だった。ガシャンという音が聞こえたかと思うと、俺の後方でバリンと何かが床を叩く音がした。三度、女性客たちの悲鳴がこだまする。振り返ると天窓のガラスの一部がさっきまで俺たちがいた位置に散乱していた。

「お客様、大丈夫ですか？」

警備員が駆け寄ってくる。

破れた天窓からは大粒の雹《ひょう》が一定の間隔で店内へ侵入してきていた。上空に気を配りながら、数名の警備員が周りの客たちをその周囲から遠ざけている。

幸いなことに俺も綾梨紗も怪我ひとつなかったが、あと少しでもあの場に留まっていたらどうなったか。

鋭利なガラスの破片を思い出しながら、俺は綾梨紗を抱えて地下駐車場に繋がるエレベーターに向かった。綾梨紗は血の気が引いた表情のまま、いつまでも俺を見つめていた。

九月上旬　週末（土曜日）

「ねぇ、きょー君」

夕食後、色々なフルーツが入った杏仁豆腐を食べていた俺に深刻な顔をした綾梨紗が話しかけてきた。

「ん？　俺、今、真剣だから」

綾梨紗が何を話そうとしているのか、大体予想はできていた。俺は次に口に入れるフルーツのことで悩んでいる素振りをしてやり過ごそうとしたが、綾梨紗は構わずに続けた。

「あのね、最近、危ない目に遭うこと、増えている気がするの」

やはり、その話題か。意図的に避けていたが、綾梨紗の不安も限界に来ていたのだろう。

「偶然だろう。それよりさ、あのカレーのアニメ……」

俺は話題を変えようとした。

「ねぇ、聞いて。じゃないと、もうそれ作ってあげないから！」

俺はすぐにスプーンを置いた。

「車に轢かれそうになったり、ガラスが落ちてきたり、短い間に続き過ぎだと思わない？これって」

「綾梨紗。あのダンプカーの件は運転手の不注意だよ。それにガラスが割れたのは、荒れた天気のせいだし、そんなに気にすることはないよ」

ダイニングテーブルの上で左手を伸ばすと、綾梨紗は黙ってそれを握りしめた。

「でも、もしかしたらって考えちゃって。私が何度も呪文を唱えたせいなのかなって」

「うーん、綾梨紗が一人の時は別に危ない目に遭ったことはないんだろう？」

「うん、きょー君と一緒の時だけ」

「じゃあ、偶然が重なっただけだよ」

綾梨紗が何かに気が付いたように目を見開いた。

「これって、きょー君を巻き込んじゃってるってこと？」

綾梨紗の思考は完全に悪いスパイラルに嵌まってしまったようだ。

「絶対に違うよ。百歩、いや千歩譲って仮にそうだとしても、別に二人とも怪我ひとつ負っていないし。大丈夫だって」

「今までは何とか無事でいられるレベルだったけど、これから最悪のことが起きるかも」

俺は席を立ち、涙ぐむ綾梨紗を抱きしめた。

「大丈夫、大丈夫」

「きょー君、私、怖いよ」

「俺が絶対に守ってやるから」

「違うの、私は罰を受けても構わないけど、きょー君が危ない目に遭うのは嫌」

とうとう綾梨紗は号泣してしまった。


夜中、俺は珍しく目を覚ました。壁に掛かった時計に目をやると、もうすぐ二時になろうかという時刻だった。

カーテンの隙間から覗く月光が綾梨紗の寝顔をかすかに照らす。頬にはまだ乾ききっていない涙があった。起こさないようにそっと人差し指の背で拭う。俺が眠った後も暫く泣いていて、まだ寝付いたばかりなのだろう。自分の身のことより俺のことを心配し涙を流すなんて、本当にこの子は優しい。

あの呪文のリスク、『呪い』とでも言うべきか、そんなものが本当にあるのか?

『アシムカエ』とは、まさか『悪し迎え』ではないだろうな?

このまま再び寝付くことは不可能だった。俺の身体にまわされた綾梨紗の左腕をそっと外し、ベッドを抜け出る。寝室のドアを俺の身体が通過できる最小限の範囲で開き、スッと静かにリビングへと出た。

両手で寝室のドアを再び閉めるとキッチンに向かい、レンジフードの作動スイッチと、一番音が静かな「弱」のスイッチを立て続けに押した。

俺は元々ヘビースモーカーだったが、新車を購入してからというより、綾梨紗と付き合い始めてから、タバコの本数は減っていた。電子レンジの上に置いていたタバコの箱とジッポーライターを手に取る。お気に入りの銘柄にかすかにつけられているバニラの香り。それを鼻で軽く楽しんでから火を点ける。

俺はまた考えた。果たして、『呪い』など本当にあるのか？

考えながらも、タバコの煙はレンジフードのフィルターに極力近づいて吐き出すことを忘れない。

あの時、老人は呪文についての注意事項を説明していたはずだ。老人が言った言葉と、俺が願ったかもしれないことを必死に思い出そうとする。

ダメだ、何故か、あの時のことが思い出せない。

タバコを吸い終わり、ため息をひとつつくと、寝室に戻るためレンジフードのスイッチを切る。俺の周りは再び静寂に包まれた。

　寝室の方へ一歩進んだ時、玄関の方でカチッという音が聞こえた。気のせいかと思いながらも耳を澄ましていると、次にパチンという何かが切れた音に続いてジャラジャラという奇妙な音がした。

　俺は嫌な予感がし、思わずシンクの前でしゃがみ込んだ。そのままリビングの方をそっと見ると、何やら光がフローリングを照らしながら少しずつ近づいてくる。誰かが何らかの方法で玄関のカギを開け、チェーンロックを切断して侵入してきた、という俺の予想は的中した。

　俺は音を立てないよう、ゆっくりと唾を飲み込んだ。侵入者はリビングの手前で立ち止まり、懐中電灯のものと思われる光を慎重に動かし周囲を確認している。

　壁を一枚隔てて俺と侵入者は対峙しているのだ。光は寝室のドアを見つけると、そこで消えた。侵入者の姿が見える位置まで静かに身体を移動させる。キャップを被った人物が、寝室のドアを見つめたまま微動だにせず立っている。暗闇に目を慣らしているのだろうか？

　ここで後ろから声を上げたら、奴は驚いて退散するだろうか。いや、このように大胆に侵入してくる輩は、きっと俺の姿を確認するや否や攻撃してくるに違いない。ならば、こっちから仕掛ける！

既に暗闇に順応していた俺は、無言のまま侵入者の背中に右肩で体当たりをした。

この背中の感触は男だ。

この部屋に住んでいる人間は寝室にいると決めつけ、油断していたであろう男は背中からくる衝撃に備える暇はなかったはずだ。予想外の出来事に侵入者は痛みよりも大きな驚きを感じたかもしれない。

ガタンと寝室のドアが大きな音を立てた後、俺と男の圧力に耐えきれず寝室の方へ倒れた。その時の音は下の階の住人の目を覚ますには充分過ぎるものであったことだろう。

綾梨紗が飛び起きる。

「きょー君、えっ、何、どうしたの？」

綾梨紗の恐怖心が声色にありありと出ている。

「綾梨紗、逃げろ！」

男ともみ合いながら叫ぶが、綾梨紗は悲鳴をあげるばかりでベッドと壁の隙間に身体を隠したまま動けないでいる。

俺は何とか男の自由を奪い組み伏せようとするが、男も必死の抵抗を見せる。俺との取っ組み合いの最中にキャップが脱げ、かすかな月光にさらされた男の顔には見覚えがあった。七三分けとも六四分けともつかない髪型。確かこいつは……。

男の正体は分かったが、その名を呼べば男を逆上させかねないと咄嗟に判断した。

どのくらいその男と格闘していたのか。俺はその男に馬乗りになり、抵抗できないように両手を掴もうとする。ベッドの陰から頭だけを出し俺たちの様子を窺っていた綾梨紗が口を開いた。

「多仁原さん？」

その時、俺とその男は同じことを思ったに違いない。

気づかれたか！

多仁原の表情に焦りの色がますます濃くなった。彼は一瞬の隙を突きジャンパーの右ポケットから折り畳みナイフを取り出すと、馬乗りになっている俺の左太ももの側面を目掛け突き刺してきた。一瞬鋭い痛みが走り、怯んだ俺を多仁原が突き飛ばす。フローリングに金属音が響く。

「きゃあ、きょー君！」

綾梨紗は声も顔色も真っ青だ。

男に突き飛ばされた拍子に壁にしたたかに後頭部を打った俺は、すぐに立ち上がることができなかった。両手で口を押さえ目を見開き怯えている綾梨紗に一瞥をくれると、多仁原は玄関の方へ走り出した。綾梨紗が四つん這いのまま俺に近づく。

「きょー君、大丈夫？　しっかりして。どこ、どこが痛いの」

「綾梨紗、何ともないか」

「私は大丈夫」と言うと、綾梨紗は泣き出してしまった。

綾梨紗の頭を左手でポンと軽くたたき、暫くの間呼吸を整えた。そして、警察を呼ぶためにスマホが置いてあるベッド脇へ向かおうとすると、何やら玄関先から女性の声がした。

「もしもし、大丈夫ですか。誰かいますか」

恐る恐る廊下を歩いてくる気配がする。

「はい、こっちにいます」

泣きじゃくる綾梨紗の代わりに俺が応えると、寝室をそっと覗き込む中年女性の顔が目に入った。

「まぁ、良かったわぁ。隣の佐熊《さくま》です。今、警察と救急車を呼んでいますから」佐熊さんは早口で説明した。

「主人たちが玄関の前で犯人を押えています」

俺と侵入者との格闘は隣や下の階の住人にとってはものすごい音だったらしく、何事が起こっているのかと心配になりこの部屋の前に来ていたところ、侵入者の男と鉢合わせした。明らかにこの部屋の住人ではない男が逃げようとしたためもみ合いになり、二人掛かりで取り押さえて警察等に通報したとのことだった。

「ありがとうございます」

安堵と疲労感でいっぱいの俺は呟くように応えた。

俺がそんな応え方をしたことと、スウェットに少し滲んだ血を見つけた綾梨紗は、悪い方へ勘違いしているようで「きょー君！　しっかりして、死なないで」とまた大粒の涙をこぼし始めた。

「大丈夫だって。疲れただけだよ」

綾梨紗の髪を撫でる。

その様子を見ていた佐熊さんも心配そうに、「本当に大丈夫ですか？」と聞いてくる。

「ええ、大丈夫です。足を刺されたみたいですけど、これに一回当たってからだったようで、深くは刺されていません」と、俺はスウェットのポケットから金属製のジッポーライターを取り出してみせた。いつものように、無意識にポケットへとしまい込んでいたのだ。

俺はこの軽い怪我のことは心配していなかったが、綾梨紗がまた『呪い』のせいだと考え、心を痛めてしまうのではないかと考えていた。

「あっ、そうだわ！」

佐熊さんは玄関の外で侵入者を取り押さえている夫たちに、中の状況を報告するために出て行った。

少しして警察官と救急隊員が部屋に入ってきた。

綾梨紗がどうしてもと譲らないので、俺は救急車で病院へ行くことにした。もちろん綾梨紗は付き添う気満々である。手のひらに接着剤でもつけているかのように片時も俺から手を離さない。救急隊員の肩を借り左足をかばいつつ階段を降りたところで俺はストレッチャーに乗せられた。横たわる俺を見て綾梨紗はまた半べそをかいている。

「泣きむし綾梨紗ちゃん」

俺は綾梨紗を笑わせようとからかったが、効果はなかった。

救急の当番病院で医師の診断を受けたが、俺の見立て通り太ももの傷は大したことはなかった。それよりも痛みがあった右手の人差し指を診てもらうと、骨にびびが入っていることが判明した。

「一～二週間程度、箸は使えないよ」と医師は何故か明るく言った。

これまでの人生で一度も骨折の経験はなく、スノーボードで相当派手に転んだ時でさえ身体のどこにも怪我を負わなかった。太ももを少しだけ縫い人差し指を固定されぐるぐると包帯を巻かれる。俺は右手をポケットに隠し診察室を出た。診察室のドアの目の前に綾梨紗が立っていた。

「お待たせ。帰ろうぜ」

また左手で綾梨紗の頭をポンと叩き、その手で綾梨紗の右手を握る。

タクシーを手配し綾梨紗の家へと向かう車中、綾梨紗が呟いた。

「あの人、多仁原さんだった」

多仁原は綾梨紗と同期で東湿野市役所へ入庁した。たまに何人かの同期と一緒に地下食堂でランチをしている姿を見かけたり、一度仕事上での絡みもあったため俺は彼を見知っていた。

「いや、まさか、そんなはずはないだろう」

俺は気づいていない振りをした。

多仁原の狙いは何だったのか。窃盗か、最悪のケースは俺か綾梨紗もしくは両方を殺害……。

どの場合にせよ、身近な人物がそのような目的で自分の家に侵入してきたという事実は綾梨紗に大きなショックを与えることになる。遅かれ早かれ侵入者が多仁原だったと、綾梨紗の耳に入るのは間違いないが、少しでもそれが遅くなるに越したことはない。

人生は誰にでもいつか最後の日がくるのだから、いたずらに心を痛めるだけの事実を知るということは一日でも遅い方が良い。思い悩む時間が少なくなるはずだ。

ただでさえ『呪い』に振り回されている綾梨紗の心を痛めつける事実は、ギリギリまで遠ざけておきたい。だから俺は診察室を出る時、咄嗟に右手を隠した。

重い空気と一緒にタクシーは俺たちをあの部屋に運んだ。

俺は左足に力がかからないように左手で階段の手すりを握り、右足でけんけんをするように階段を上っていく。部屋の前に着くと佐熊さんの奥さんと警察官が立っていた。中ではまだ現場検証は続いており、彼女が念のため立ち会ってくれていたようだ。

俺たちはこの親切な隣人にお礼を言い、落ち着いたら改めて挨拶に伺う旨を伝えお引き取り願った。

「それじゃご主人、お大事になさってくださいね」と言い、佐熊さんは隣の部屋へ戻っていった。

「綾梨紗が引っ越しの時とか普段の挨拶をキチンとしていたから、こんな時に助けてくれたんだよ、きっと」

制服ではなくスーツに身をつつんだ男性が俺たちに近寄り、警察手帳を見せながら所属と氏名を名乗った。

さっきまでこの部屋で起きていた『事件』の経過について聞かせてほしいとのことで、

佐熊さんや下の階の住人からは既に事情は聞いたとのことだった。俺たちをソファーに座らせると、刑事は立ったまま質問を始めた。

「まずはご主人のお名前ですが、ふむふむ、眞気澤恭弥さん、三十九歳と。奥さんの方は？」

俺は綾梨紗の方をちらりと見る。普段であればこういう台詞を聞くと焼けたように耳が真っ赤になる綾梨紗だが、さすがに今日は青い顔のままだった。

そんな綾梨紗に代わり俺は答えた。

「いいえ、結婚はしていなくて、何というか交際関係と言うんですかね。あっ、でも結婚を考えていないわけではなく、この人を幸せにしたいと思っています」

何を余計なことを言っているのだろう、この刑事に言わなくても良いことまで話してしまったと俺は恥ずかしさを必死に押し殺した。

「は、はぁ？」

刑事は一瞬ポカンとした表情を浮かべたが、すぐに真顔に戻り綾梨紗に質問した。

「では、彼女さんは綾梨紗さんと。年齢は？」

「二十一です」

嬉しいような、悲しいような、複雑な表情の綾梨紗が答えた。

次に俺は『事件』の事実を時系列に沿って説明し、併せて俺たち二人とも他人に恨まれる覚えがないこともその刑事に伝えた。

「なるほど、よく分かりました。しかし、犯人が侵入してきた時に偶然目覚めていたのは不幸中の幸いと言いますか。まぁ、侵入者に気が付いた時点で我々に知らせてくれるのがベストだったかもしれませんね。勇敢に立ち向かわれたようですが、怪我もあまり大きくなさそうで良かったです。一歩間違えればもっと大事になっていたかもしれませんよ。本当に良かった」

綾梨紗が俺の上着の袖を掴み、横顔を見つめてくる。

「それで、病院に行かれて、診察の結果はどうでした」

しまったと俺は思った。こんなに早くばれてしまうのか。今、綾梨紗に席を外させるのは不自然だ。俺は観念し左太ももの傷について説明した後、綾梨紗の方に一度顔を向ける。そして、ずっと綾梨紗から隠すためにポケットに入れていた右手を挙げた。

「侵入者とのもみ合いの際に、人差し指にひびが入ってしまったようで」

念のため運転は控えるようにということとまた連絡すると言って、警察関係者は全員部屋を後にした。俺たちがぐったりとソファーに座り込んだのは朝の七時になろうとしていた頃だった。

「車はここに置かせてもらって、自宅からバスかタクシーで通勤だな」

「きょー君、やっぱり、これって」

綾梨紗がまた、涙声になっている。

「ストップ、綾梨紗、落ち着いてまず俺の話を聞いてくれ」

俺はこれまでの人生の中で最高レベルの真顔で言った。

涙をこらえ綾梨紗が静かに頷く。俺は一度深呼吸をし、左手で綾梨紗の手を握った。

「こんな目に遭ったことは確かに災難だったけど、俺にはラッキーなことが三つあったんだ」

綾梨紗はえっ？　というような顔をした。

「まず一つ目は、絶対と言っていいほど一度寝付いたら起きない俺が夜中に目を覚まし、侵入者に対応できたこと。おかげで綾梨紗を守ることができたよ」

俺は目の横でピースサインを作った。少し指は傷んだが必死に痛みをこらえた。

「二つ目はジッポーライターを左のポケットに入れていたおかげで、大した傷を負わなかったこと。父が守ってくれたんだ」

綾梨紗は鼻をすすりながら黙って俺の話を聞いている。

「そして三つ目は、この指の怪我さ」

俺は天井に向かって右手を挙げた。

「その怪我がどうして」

「綾梨紗、頼む。最後まで聞いてくれ」

しょげた顔をして綾梨紗が口をつぐむ。

「俺は暫く箸が使えない。だから綾梨紗に食べさせてもらわなきゃ餓死してしまうかもしれない。これは神が俺にくれたチャンスなんだ。綾梨紗に甘えていいぞというね」

赤い顔をして俺は必死に三つ目の幸運の説明をした。実際のところはスプーンや左手を使えば食事はとれるだろう。しかし、母親に甘えたい気持ちを押し殺してきた少年期から、俺は女性に甘えた記憶がない。正直なところ、俺の心には少しばかりのわくわく感があった。

それにしても、綾梨紗の心をこれ以上不安にさせないためとは言え、いい歳をした男が年下相手にこんなことを言っても良いのか。

綾梨紗は暫く黙っていたが、やがてクスッという笑いを噴き出した。

「うん、分かった。じゃあ私に甘えてもいいよ」

「あっ、ありがとう……」と答えた俺の顔はまだ赤いままだった。

「きょー君はやっぱり優しいね」

綾梨紗は俺の本心に気が付いてくれたようだ。

「とりあえず今は頭と身体を休めよう」


「きょー君、手……」

俺の左手を両手で握りしめ眠りにつく綾梨紗。

横にはなったものの身体の疲れとは裏腹に俺の頭は冴えていた。頭の中を色々なことが駆け巡る。

明日は月曜か。市役所ではちょっとした騒ぎになるだろうな。現役職員が住居侵入、傷害、いや、殺人未遂なのか。それにしても多仁原が……。

綾梨紗の話によると多仁原は俺と綾梨紗が付き合っていることを知っていたはずだ。多仁原は綾梨紗のことを好きだったのだろう。動機は嫉妬によるものか。綾梨紗に危害を加えるつもりだったのか。いや、狙いが綾梨紗であれば、仕事帰りの方が……。

玄関から侵入してきたということは、駐車場に俺の車があることを理解していたはず。となれば狙いは俺だ。俺の自宅を知らない多仁原は、俺が綾梨紗の家へ泊まりにきた時を狙っていたのだろう。

車へのいたずらは彼なりの警告だったのだ。寝ている俺を殺害し逃走した後、何食わぬ顔で綾梨紗へ近づくつもりだったのか。多仁原は綾梨紗への想いを直接本人にぶつける気はなかったのだろうか。多分、願いは叶わないとは思うが……。今の段階では全ては俺の勝手な妄想だが、こんな歪んだ方法を選択するとは……。それとカギはどうやって開けたんだ。

「⁉」直接本人へ……。願いが叶わない……。

先日、俺は呪文のリスクのことをやっと思い出したが、もう一つ心に引っ掛かっていたことがあった。

頭の中を整理すれば解決しそうだ。

サスペンスドラマの主人公が最後の崖に向かう前に行うように、俺はこれまでの情報を整理し始めた。

俺の記憶では父は呪文のことを俺に話し、綾梨紗と同じように呪文を唱えていた。失踪するずっと前に、父は『儀式』を行ったことがあるということだ。

坂見場長が父から聞きだした話では、俺と再会した夜に父は『儀式』を行った。

何故もう一度、神様を呼び出したのか。

呪文を忘れてしまっていたのか、否。これも場長の話によると、神様から呪文を聞いた時にそれは脳に焼き付いて絶対忘れないという。

俺のために何かを願うのであれば、いつでもどこででも呪文を唱えささえすれば良かったはずだ。

では何故、もう一度『儀式』を行う必要があったのか？　それは——。

直接神様へ向かって呪文を唱えなければ、願いは叶わないからなのではないか。

逆に言えば、神様がいないところで呪文を唱えても無駄なのではないか。

それならば願いが叶う、叶わない以前の問題となり、リスクうんぬんの話ではなくなる。

つまり呪文によって叶ったかもしれない綾梨紗の願いは、俺に会うことだけだ。

もし『呪い』というものがあったとしても、そんな些細な願いのせいでダンプカーに轢かれそうになったり、ガラスの破片を浴びそうになったり、そして先ほどの多仁原の件、それらでもう充分お釣りがくるくらいだろう。それらの中には本当に単なるアクシデントだったものもあるのだろう。

これ以上、悪いことなんて起きないはずだ。俺は目を開け綾梨紗の方を見た。相当疲れているのだろう。綾梨紗はすでに静かに寝息を立てていた。

目覚めたら今の考えを聞かせて、元気づけてやらなきゃ。

また、俺は暗闇の坂道を走っていた。俺の足音と息遣いだけが黒い世界に聞こえている。一体どこまで続いているのかと思い始めた時、前方に光が見えた。

俺は少しだけ走るスピードを上げ、光の中へ飛び込んだ。

一瞬、眩しさに視界を奪われたが、吹き付けてきた風の中に緑と潮の匂いを感じる。回復した視界に飛び込んできたのは草原と晴れた空。その空との境界が分からないほどの海原が遥か前方に見えた。俺の左手にはいつもの感触がある。斜め後方を見ると、やはり綾梨紗の手を握って走っていた。長い黒髪をなびかせ走る綾梨紗に向かって頷くと、彼女もまた頷き返す。

再び前を見た俺と綾梨紗を待ち受けていたのは断崖絶壁だった。

俺たちは躊躇することなく、しっかりと手を繋いだまま海へと飛び出した。


身体を痙攣させると同時に目を開ける。

目の前にあった綾梨紗の瞳も少し遅れて俺を認識したようだ。

「きょー君？」

「あぁ、おはよう」

握ったままだった手はもちろん、俺は身体中に汗をかいていた。

「また、変な夢でも見たの？」

「うん、大した夢じゃないよ」

本当はとんでもない夢だ。

時計の針は昼過ぎを指していた。


ダイニングテーブルに向かい合って座り、ギョコーマートが今一番力を入れているスイーツ、マグロの刺身が載ったレアチーズケーキを食べる。

何故あんな夢を？　俺は綾梨紗と一緒に……。

「きょー君、大丈夫？」

目覚めてから元気がない俺を、綾梨紗が心配そうな目で見つめる。

そうだ。さっき考え付いたことを早く綾梨紗に聞かせてやらなきゃ。

「綾梨紗。また、俺の話を聞いてくれ。良い話だよ」

俺は左手のフォークに刺したマグロの赤身を口に入れた。

寝る前に俺が頭の中で整理した話を綾梨紗は真剣に聞いていた。

「うん。きょー君の言う通りかも」

玄米茶を一口啜る。

「まぁ、『呪い』なんて信じてはいないけど、もしあったとしてもこれからは大丈夫だよ。

だから綾梨紗もあまり気にせずに今までのように楽しく過ごしていこう。これから色々と考えなきゃならないこともあるだろう？　例えば、新居とか……」

「うん！」

ようやくいつもの綾梨紗らしい笑顔が戻った。

九月下旬　平日（木曜日）

俺の人差し指の怪我は順調に回復し、最後になるであろう診察を受けるため市立病院の前でバスを降りた。

この二週間、俺たちの周りで危険なことは起こっていない。あの夜、俺たちを襲ったのはやはり多仁原だった。

刑事の話によると動機は俺に対する嫉妬心で、予想通り標的は俺だったとのことだ。

綾梨紗の家のカギは職場のロッカー室へ侵入して盗み出し合鍵を作った後、綾梨紗の職場の前の廊下へ何気なく置いたらしい。

綾梨紗はあの後、色々と大変だったようで、特に綾梨紗よりも落ち込んでいた副島さんを元気づけることに苦心したようだ。

俺の方はと言えばあの不吉な夢を更に二回も見た。目下の心配事はその夢のことだけだった。

病院の待合室で待っていると、木曜日で少し空いていたためか予約時間通りに診察室に呼ばれ完治したとの診断を受けた。

二週間ほったらかしにしていた愛車のハンドルを握ることができる喜びを胸に俺はロビーを通りかかった。

「恭弥。久しぶり」

俺の前に立ちはだかったのは市役所時代の先輩、河西《かさい》だった。

「あっ、かっさん。お久しぶりです」

河西さんを略して俺はかっさんと呼んでいたのだ。彼とは二つの課で机を並べ、お互い支え合って仕事をこなしてきた言わば戦友だ。俺たちは待合室の椅子へ腰かけた。

「どうした。鉄人のお前と病院で会うなんてな」

「ちょっと指にひびが入ってしまって。アハハハ、でもたった今、完治の診断を受けたところです。かっさんは?」

市役所内に広まっていると思われる、俺の指の怪我のことをかっさんは知らないようだ。

「俺は胃のバリウム検査で引っかかってしまってな。今日は再検査だ」

俺と同じくらいの頑健さを誇っていたかっさんも、とうとうそういう日がきてしまったのか。

「ここ最近、ストレスが酷くてな。一次産業も下降の一途、他もパッとしない。やっと上層部の尻に火が付いて発破をかけられる毎日さ」

この街に昔からあったものは今では衰退、もしくは完全に無くなってしまっている。今売り出している涼しい気候というものは辛うじて残っているかもしれないが、それもいつまで続くのか。何か新しい物を売り出さなければならない。

「そうでしたか。俺の最後の職場だった、サブカルチャー推進室はどうです？」

「ああ、ダメだな。上がダメなんじゃないのか？」

ハハハとかっさんの口からは乾いた笑いしか生まれなかった。

「ところで、病院で言うのも何だが、お前、元気そうじゃないか」

「ええ、お陰様で」

「退職間際に見たお前は、ほんとに生気がなかったぞ」

「えっ、そんなに酷い顔をしていました？」

「ああ、随分と思いつめたような顔をして退職していったから、もしかしてなんて思ったがな。本当に良かったよ」

かっさんは俺が人生をやめてしまうのではないか、と言いたかったのだろう。

そう考えた時、キーンという、あの酷い耳鳴りに襲われた。

頭の中にキャンプ場でのあの老人とのやり取りが映像となって蘇った。


「わしにはお主が本当は何をしたいのかが見える。それを教えることはできんが、胸に手を当ててよく考えてみたらどうじゃ？」

本当にしたいこと？　この半年だらだらと生きてきて、結局、何の答えも出ていない。

綾梨紗への想いもあきらめ、これからどうすべきかも見いだせない。

叶わぬ想いならば、せめて綾梨紗と一緒に……。


「おい、恭弥。どうした、大丈夫か？」

「えっ？　ああ……、大丈夫です……」

「お前、急に……顔色が悪いぞ。具合でも悪いんじゃ……」

「かっさん、ちょっと急用を思い出しました。失礼します！」

挨拶もそこそこに俺は病院を飛び出しタクシープールへ向かった。

綾梨紗の家の住所を運転手へ告げると、俺の頭はさっき思い出したことでいっぱいになった。

あの時、俺が願ったことは……。なんてことだ……。

あの夢は俺の深層心理を映し出したものだったのか。


綾梨紗の家から愛車のキーと荷物を持ち出すと、俺は一目散に自宅へ向かった。

とにかく早くここから離れなければ、綾梨紗に会う前に……。

気が付くと西日を浴びて自宅のソファーに寝転がっていた。改めてあの老人とのやり取りを思い返してみる。

間違いない。俺はそう願ったのだ。

この一か月ほどの間に起きた災難というものは、全て俺が呼び込んでいたものなのだろう。綾梨紗と一緒の時にしかそういった目に遭わないということが何よりの証拠だ。

一年前に願ったことが何故急に効力を発揮し始めたのか。

願いを叶えるための下地が整ったということか。

綾梨紗は「きょー君に絶対について行く」と言っていた。綾梨紗がそういう気持ちになったからか。例えば俺が死んでも、「ついて行く」ということなのか。

しかし、全ては俺が願ったせいだ。綾梨紗がそういう気持ちになったせいではない。

再び気が付くと部屋の中は真っ暗だった。とっくに日没を過ぎていたようだ。スマホを見ると綾梨紗から二回の着信があった。折り返し綾梨紗へ電話をかける。

「もしもし、きょー君、今、どこ」

「ごめん。自宅に戻って眠っていたよ」

「ということは完治したんでしょ？　お祝いしようと思っていたのに」

電話の向こうで綾梨紗が頬を膨らませているのが分かる。

「綾梨紗、言わなきゃならないことがあるんだ」

「えっ何、何」綾梨紗はもしかすると、俺の口から嬉しい言葉が出てくるのではないかと期待していたかもしれない。

「最近、色々と危険な目に遭ったのはやっぱり、綾梨紗が何度も呪文を唱えたせいじゃない。俺のせいなんだ。『呪い』なんかじゃなく俺が願ったせいなんだ」

「えっ？」

「俺は綾梨紗と再会した日、『綾梨紗と一緒に死にたい』と願ったんだ！」

「そんな、まさか……」

「だからもう、俺は綾梨紗と一緒に居てはいけない。もう会えないんだ！」

さよならと言おうとした時、綾梨紗が俺の言葉を遮った。

「待って、きょー君が何を言っているのか分からないよ。手を握って言ってもらわなきゃ。ねぇ、会いたいよ」

「ダメだ。一緒に居てはいけない。すまない」

一緒に居たらいつ綾梨紗に危険が及ぶか分からない。もしかしたら、俺が綾梨紗を……。俺はそんな恐ろしい考えを振り払うかのように電話を切り、素早く電源をオフにする。

多分、電話が切れた後も綾梨紗は俺に呼びかけていることだろう。何度も電話をかけ直していることだろう。そして泣いていることだろう。


ごめん、綾梨紗。俺も綾梨紗に会いたいけど……。

何か方法はないのだろうか。

あの老人にもう一度会ってみるのはどうだ？

濃霧が出るか分からないが、もしかしたら願いの取り下げ方法なんてものを教えてくれるかもしれない。

俺は、ナカンペ湖キャンプ場へ行く準備をした。天気予報では明日のナカンペ湖周辺は晴れのち曇り。調べてみると一年前のあの日と気温も同じだ。あの老人に会えるかは分からないが、これに賭けるしかない。

もしかしたら綾梨紗が家にやってくるのではないかと思い俺は急ぎ家を出た。

同日　二十三時

泣いてばかりいてはこのまま恭弥と会えなくなってしまうと、少し気を持ち直した綾梨紗は依然として電話が繋がらない恭弥の家へタクシーで駆けつけるが恭弥の車はなく、部屋のインターホンを鳴らすが応答はない。

恭弥の部屋のドアに寄りかかり座る綾梨紗。暫く待つが恭弥は一向に戻ってこない。恭弥との思い出が蘇り涙が溢れる。

「美澄」での再会。自分の家で初めて夕食を振る舞い、抱き着いてしまったこと。手を繋ぎ花火を見上げたこと。

ふとあの呪文のことが頭をよぎる。

ナカンペ湖キャンプ場、と頭の中に誰かの声が響いた気がした。綾梨紗は朝陽を見ながら一度自宅へ戻り、準備を整えてから恭弥の後を追った。

翌日　九時

二十四時間スーパーの駐車場で一夜を明かした俺は食材を買い込み、ナカンペ湖キャンプ場に向かった。

ナカンペ湖は一年前と同じ景色だった。暫くそれらを眺め管理棟に入ると、受付業務を担当していたのは坂見場長だった。

「おや、恭弥さん、独りですか。綾梨紗さんは？」

「綾梨紗は仕事ですから……」

俺はあの時の場所にテントを設営し霧が出るのをじっと待った。

同日　十四時

バスやタクシーを乗り継いでキャンプ場へと着いた綾梨紗が、場長に連れられて俺の元へやって来た。

「きょー君！」

来るなという俺に抱き着く綾梨紗。

「やれやれ、やっぱりケンカしとったんですか。若いっていいですな」と笑いながら場長は俺たちを見つめ、「私は、今日はこれで上がります。ごゆっくり」と管理棟の方へ戻っていった。

「どうして俺のところへ来たんだよ、自分の身が危ないんだぞ」

綾梨紗の両肩を掴み問いただす。

「会いたくて、誰かが今ここにきょー君がいるって、教えてくれた気がしたの」

「何だよ、それ」

俺は綾梨紗が自分を追ってきてくれたことを内心嬉しく思ったが、それ以上に綾梨紗の身に危険が及ぶことが心配だった。自分が座っていた椅子を綾梨紗に譲り、少し離れた流木へ腰をおろす。

ふぅと息をひとつ吐くと、俺はぽつりぽつりと話をした。

「あの老人にもう一度会ってみることにしたんだ。もしかしたら俺の願いを取り下げる方法を聞けるかもしれない。ただし、今日、霧が出る保証はどこにもない。何日か待つかもしれないし、ひょっとしたらまた来年かも。とにかく、それまでは綾梨紗を危ない目に遭わせたくはない。だから、独りで来たのに……」

「いいの」

「考えたくもないけど、俺が綾梨紗を……。なんてことも可能性としてはなくはないんだぞ」

「いいの、それでも。きょー君と一緒に居たいの、もう離れるのは嫌！　だからここに来たの」

涙目で綾梨紗が訴える。

「もし俺がここに居なかったら、綾梨紗は野宿だったんだぞ。テントも何も持たないで」

そう言ってハッとした。

綾梨紗の服装は今年の初夏に南の方へキャンプに行くために俺と一緒に買った、流行りのアウトドアウェアで俺とは色違いのものだった。そのウェアだけを着て俺が今ここにいると誰かに教えられて、テントやキャンプ用品を何も持たずに来たのだ。いや、そもそも綾梨紗はテントなど持っていないが。

誰かに教えられて……。誰だ、俺は『今日、ここ』に来ることを誰にも言っていない。綾梨紗の思い込みか。何にせよ、綾梨紗をここに呼び寄せる何か不思議な力があったのか。その不思議な力とは、俺の願いを源とする何かなのか。

考えが悪い方向にどんどんと転がる。

「綾梨紗、やっぱりここに居ては危険だ。早く、ここから離れろ」

綾梨紗の方を向き、そう言いかけた時、濃い霧が俺たちの視界を遮った。

「霧だ、霧が出てきている」

俺は素早く足元の石を拾い上げ、数歩湖の方へ歩いてタイミングを見計らった。

「きょー君、どこ」

「綾梨紗、じっとしているんだ。俺は今から儀式を行う」

一年前のシチュエーションを必死に思い出し、今だとばかりに湖の方へ石を投げた。

ポチャというかすかな水音がした後、再び静寂が訪れた。

タイミングが悪かったのかと思い始めた時だった。

「ピロロポリルンッ」

あの音が聴こえた。

「やった」

俺は老人が現れるのを一日千秋の思いで待った。

「やれやれ静かに釣りもできんとは。痴話喧嘩なら他所でやってくれんか」と、釣竿を担いだ老人が足音もなく俺の左前方に現れた。気が付くと立ち上がっている綾梨紗の姿も確認できる。三人がいる空間だけ、ぽっかりとドーム状に霧が晴れている。

「何じゃ、お主らか」

老人は元々細い目をさらに細めた気がした。

「仲良くやっておるか」

「俺たちのことを、覚えているのですか」

「そりゃ当然じゃろう。特にお主は親子で……、おっと、いかん、口が滑ったわい」

老人は俺の方を見ながら言った。

親子？　父もやはりこの老人に会っていたのだ。一年前、何かを願っていたのだ。

父の通夜で坂見場長が言っていたことを思い出した。

「父は何を願ったのですか」

俺は半歩身を乗り出して老人に問うた。

老人は少しの沈黙の後、重たい口を開いた。

「それを教えることはできん。じゃが、大体想像はつくじゃろう」

通夜の後、考え付いた結論としては自分より他人のことを思いやる父はきっと俺の幸せを願ったに違いない、ということだった。だが、最近は、危険な目に遭うことも増え、あまり幸せとは言えない。それは、『俺が願ってしまったこと』のせいなのか、それとも、願った人間が死んだ場合、その願いはいつか消えてしまうのか。

俺は意を決し、今日ここへ来た一番の目的を老人にぶつけた。

「願いを取り下げることはできますか」

「それはできんな。一生に叶えられる願いは一つだけ。取り下げることも願いの一つじゃ」

老人の答えは俺の心に冷たく突き刺さった。

くそっ、やっぱりできないのか。父は少なくとも『儀式』を二回行ったが、呪文を唱えたのは一回だけだったということか。

口元を抑える綾梨紗の姿が視界の端に映る。

「方法があるとすれば」

老人が長いあごひげを撫でながら何かを考えている。

俺たちは老人の次の言葉を息を殺して待った。

「お主らではない、願いを叶えたことのない誰かがその願いに相反することを願えば良い。ただしお主らより強い想いを持ってな」

老人は相変わらずあごひげを撫でている。

俺でも綾梨紗でもない誰か。例えば坂見場長や副島さんに事情を説明し、あっ、場長なら儀式のことは大体知っている。が、場長に儀式をお願いしたとしてもすぐにこの老人に会える保証はどこにもない。一年後か、もっと先か、いや、運が悪ければ十年、二十年だって……。

そうだ、去年の霧は十五年ぶりに出たんだった。でも今年もこうやって霧は出ている
し、少なくとも一年後は大丈夫か。仮に一年後だとして、その間綾梨紗に危害が及ぶ可能
性はないのか。綾梨紗を守り切れるのか。今日だって何か不思議な力が綾梨紗をここに呼
び寄せた可能性が高い。そんな強大な力から大切な人を絶対守り切る自信があるのか。
俺が自問自答したのはほんの二、三秒だったのだろう。
「もしくは……」と老人が続ける。
「それを願った者がこの世から去ればその願いは消える……」
やはりそうか。父の死によって「息子が幸せであるように」という父の願いは消えたん
だ。そして俺の願いの力が増幅していき……。きっとそうに違いない。俺は、嗚咽をこら
えている綾梨紗を見つめ決意を固めた。
「分かりました。ありがとうございます」
俺はまっすぐ老人に向き直り、人生で最後になるであろう深いお辞儀をした。
「もう良いかの？」と老人は釣竿を二、三度しならせた。
「ところで、お主らは何故、願いを取り下げたいのじゃ。痴話喧嘩もほどほどにせんと
……」
老人が最後まで言い終わらないうちにその姿は消えてしまった。霧が薄まったのだ。

静寂の中に綾梨紗のすすり泣く声だけが聞こえる。

俺は綾梨紗の方を向くと深呼吸をした。

「綾梨紗、泣きむし綾梨紗ちゃん」

綾梨紗が顔を上げる。

ここで綾梨紗を傷つける言葉を投げつけたら、綾梨紗は怒って去ってくれるだろうか。

いや、俺が愛したこの女性は聡明で優しく、俺の嘘などすぐに見破ってしまうだろう。

俺は正直に心の内をさらけ出した。

「一年という短い間だったけど、俺は本当に綾梨紗のことを大切に想ってきた。これからも綾梨紗には幸せでいて欲しい。だからこそ、これから俺がやろうとしていることを分かってくれるだろう？」

綾梨紗は両手で顔を覆い、泣きながら首を横に振った。

「離れてもこの気持ちはずっと変わらない。大好きだよ、綾梨紗」

綾梨紗の泣き声が一段と大きくなる。

「さぁ早くこの場を離れるんだ。管理棟に着いたら従業員の誰かに俺の死を知らせてくれ」

「嫌ぁ、絶対に嫌ぁ、きょー君と離れるなんて絶対にできない！」

「分かってくれ、綾梨紗。もうこの方法でしか綾梨紗を守ることができない」

俺はくるりと踵を返した。最後に泣き顔は見せたくない。

急に背中に衝撃が走る。綾梨紗が抱き着いてきたのだ。

「お願い、きょー君、行かないで。私を置いて行かないで」

この華奢な身体のどこにこれほどの力があるのか。両手で俺の左手と腕相撲をしても勝てない綾梨紗を引き離すことができない。

「ダメだ、お願いだから離れてくれ、自分が蒔いた種なんだ。綾梨紗を、大切な人を傷つける前に自分で決着をつける！」

「大切なら連れていって。きょー君が居なくなったら、きょー君の居ない世界なんて生きていたって仕方ないじゃない！」

連れていく？　俺との別れをこんなにも悲しむ綾梨紗は、もしかしたら後日、自ら命を……。きっとそうなるだろう。いつだったかずっと俺についていくと真剣な目で言っていたことがあった。であれば今、一緒に連れていく方が良いのだろうか。少しでも離れる時間が短い方が良いのだろうか。こんな考えに支配されるなんて、これが願いの力なのだろうか。どうしても抗いきれないというのか。

しがみつく綾梨紗を振りほどこうとする俺の腕の力が抜けた。

「分かったよ、綾梨紗」

暫くの間、綾梨紗の温もりを背中に感じながら綾梨紗が泣きやむのを待った。

引き返すという選択肢は俺も綾梨紗も持っていなかった。

父さん、母さん、ごめん。

綾梨紗のご両親、申し訳ありません。伯父さんも職場のみんなも。

そして、綾梨紗、本当にすまない。俺と出会わなければもっともっと幸せになれたかもしれないのに。

綾梨紗が俺の背中から離れ左隣に立つ。どちらからともなく手を繋ぎ、生気を失った目で見つめ合い静かに頷く。

あの夢のとおりだ。

俺たちは湖の方へ歩き出した。

翌朝

平年より少し冷え込んだ朝、家族連れの宿泊客が大自然の中の散歩を楽しんでいた。

「お父さん、誰か倒れているよ」

「何！」

子供が指さした方向を父親が見ると、お揃いで色違いのアウトドアウェアを着た男女が湖畔に倒れていた。

父親は急ぎ二人の傍へ駆けつける。

「大丈夫ですか、あっ！」

二人が既にこと切れていることに気が付いた父親は家族を連れ管理棟へ急いだ。


遠くでパトカーのサイレンが鳴り、遠巻きに見ていた宿泊客たちが話をしている。

「可哀想に、女の方はまだ若いらしい」

朝早く、従業員からの連絡を受け、非番だった坂見が駆けつけて水死体の傍に片膝をつきしゃがみ込む。

坂見は顔を上げ「あぁ、恭弥さん」と呟いた。

前日の夕方

綾梨紗が俺の背中から離れ左隣に立つ。どちらからともなく手を繋ぎ生気を失った目で見つめ合い静かに頷く。

あの夢のとおりだ。

俺たちは湖の方へ歩き出した。


その時、霧が完全に晴れ、かなり傾いていた太陽の光が湖面を照らした。俺たちは眩い光を放つ湖面に目を奪われ歩みを止めた。

湖面から俺の瞳に差し込んできた光が、あの時の俺の記憶を完全に蘇らせる。


霧の中、老人の前で俺は思っていた。

「俺は生きている意味があるのだろうか。教えてくれ、綾梨紗！」

俺が心の中で叫んだ時、綾梨紗と出会ってから今日までの二人の楽しい思い出が頭の中に鮮烈によみがえった。

何故、綾梨紗とのことを思い出したのか。綾梨紗への想いは断ち切ったはずなのに、やはり俺は……。

もう自分の気持ちを偽るなんてたくさんだ。これからは自分の気持ちに正直に生きるんだ。綾梨紗とならどんな困難も乗り越えていける。だからずっと隠してきた想いを綾梨紗にぶつけてみよう。

　俺の心にかかっていた霧が跡形もなく消えた。心の中に現れた湖面はキラキラと輝いていた。先ほど実際に見た景色とまったく同じように。


「ただし」と老人は続けた。

「願いが叶うのは生涯一度切り。よく考えてから呪文、さっきのあの音のことじゃが、それを唱えることじゃな。それからわしの目の前で呪文を唱えなければ、その効果はない。呪文を唱えた時点で、この世の誰よりもその願いを叶えたいという強い想いがあれば、願いは叶うじゃろう。後は……、そうじゃ、わしに会いたくなったら、また濃霧の時に、石を投げ込むが良い。それは、何度でも良いぞ」

　全ての説明を終え、ふぅ、と老人は息を吐いた。

「それだけですか？」

「そうじゃが？」

「あの、何かリスクとかはないんですか？」

「そんなものありゃせん。じゃからこそ、強い想いを持つ者だけが願いを叶えることが許されるのじゃ」

老人は、ぴしゃりと言い放った。

そうか。それならこれを願っても綾梨紗に危害が及ぶことはない。俺は即座にそう考えると、ゆっくりと息を吸った。

「これからどんなに辛いことがあっても綾梨紗と共に生きてゆきたい」

口に出して言うと共に、心の中で何よりも強く想う。


「ピロロポリルンッ」

俺が呪文を唱えると、老人は頷き、濃霧と同化するように消えた。

強烈な眠気に襲われた俺は、よろよろと立ち上がり、七輪とガムテープを雨が当たる場所へ無造作に置くと、車へと入った。


一瞬のうちに俺は全てを思い出した。心の中がポカポカと温かい。

「そうだ。あの時の俺の願いは、そうだったんだ！」

急に声を上げた俺を綾梨紗が見上げる。

「きょー君？」

俺は綾梨紗を九十度こちらへ回転させ、向かい合うと綾梨紗の前で両膝をついた。綾梨紗の両手を握りしめながらまだ潤んでいる綾梨紗の目を見つめた。

「綾梨紗、聞いてくれ。今、全てを思い出したんだ。この霧が晴れた湖面を見て全てを正しく思い出したんだ！」

ほんの少し前までとは違い、目を大きく見開き熱意を持って語りかける俺に綾梨紗はキョトンとした。

「その前に綾梨紗、今の気持ちはどうだ、率直に言ってくれ」

綾梨紗が左手を離し自分の胸に当てると、ガサッとアウトドアウェアが音を立てる。

「何だかすごく温かい気持ち。今なら何でも頑張れそう！」

目を閉じ微笑んだ綾梨紗が言う。

俺はこれまでの人生で一番と言っても良い笑顔で「そうだろう？『呪い』が解けたんだよ！」と立ち上がり、綾梨紗を両腕で抱きしめた。

俺がはしゃいでいる理由を未だに掴めていない綾梨紗の肩を抱き、流木の方まで歩く。流木に並んで腰かけると、やっと俺はあの時のことを話し始めた。

「というわけで俺自身が俺の心を偽り、勝手に『呪い』をかけていたんだ」

神妙に俺の話を聞いていた綾梨紗が呟く。

「そうだったんだね。やっぱりきょー君はお仕事頑張って、それでそんなに苦しんでいたんだ」

その呟きに俺は答えた。

「今思えば、そうだなぁ。ずっと自分の気持ちを押し殺してきたから、知らず知らずのうちに偽りの自分を作り上げていた。そして本当の気持ちとは逆の方向へと自分を誘導していたんだ」

俺は流木の上で体育座りをした。

「さっき湖面を見て、やっと心の中がスッキリしたよ」

俺は、まだ西日に煌めいている不思議な伝承が数多く残る湖面を見つめた。

「あー、良かったぁ」と綾梨紗は立ち上がり、両手を上にあげ背伸びをした。

「ごめん、綾梨紗。俺のせいで色々つらい思いをさせてしまって」

綾梨紗の背中が震えている。

「綾梨紗！」

俺も立ち上がり綾梨紗に近づくと、振り返った綾梨紗が俺の胸に飛び込んできた。

「本当に良かった。きょー君が生きていてくれて、良かった」

綾梨紗の頭に頬を載せ長い髪を撫でる。艶々した髪の感触が手のひらをくすぐる。

「ごめん。もう絶対どこへも行かないよ。約束する」

「うん」

ずっとこうして居たかった。

父と母が幸せな未来を予感した、綾梨紗との出会いのきっかけとなったこの雄大な自然の中で鳥のさえずりを聞き、夕日に輝く湖面の光を浴びながら、愛する人をいつまでも腕に抱いていたかった。


突然、ぐーという俺の腹の虫が鳴いた。

少し驚いた表情で俺を見つめる綾梨紗。照れ笑いを浮かべ俺はまたごめんと謝る。

「安心したらお腹空いちゃったね」

「ああ、でも綾梨紗は泣き過ぎて腹が減ったんだろう？」

俺がからかうと綾梨紗は「今のは嬉し泣きだもん」と頬を膨らませる。

管理棟へ行き、かろうじて売れ残っていた少しの野菜と酒、お菓子を買った後、俺たちは焚き火台で火を起こし始めた。

俺が持ってきた肉と一緒に野菜を焼き、もうほとんど見えなくなった湖面の方へアルミ缶を掲げ二人で乾杯をした。

夕食後、焚き火台の上で揺らめく炎を見つめながら、しみじみと俺が言う。

「今思うととんだ笑い話だよなぁ」

「そうだといいね」

一つしかない椅子に腰かけた俺の膝の上にちょこんと座った綾梨紗が頷く。そして何かを思い出したように、にやけた綾梨紗が俺の首に手をまわしながら言った。

「きょー君て、あの時よりずっとずっと前から私のこと大好きだったんだね。一目惚れだったのかな?」

俺の顔から出た火によって勢いを増した焚き火台の炎は、俺たちの未来をいつまでも明るく照らしてくれるだろう、そう思った。

翌朝

俺と綾梨紗は宿泊客たちのざわめきに誘われ、野次馬の中に潜り込んだ。見ると水死体の傍に片膝をつき、しゃがみ込む坂見場長がいた。

「あっ！」と綾梨紗は倒れている二人から背を向け俺に抱き着く。

場長が顔を上げ、視線の先に俺と綾梨紗がいることに気が付いた。

「あぁ、恭弥さん、驚きました。昨日のお二人と同じような服装だったもんで……」と胸をなでおろす。

俺はグレーのパーカーを、綾梨紗は俺が着ていた上着を羽織っている。

「俺たちなら大丈夫です」と力強く言う。

間を置かず、大勢の警察がブルーシート等を持ってやってきた。

綾梨紗と共に水死体に手を合わせると、坂見に会釈し綾梨紗の手を引き自分たちのテントへと歩みを進める。

ふいに立ち止まり朝日に煌めく湖を暫くの間見つめ、やがてお互いの顔を見て頷くと俺たちは走り出した。

俺たちの後ろ姿を見送る場長が何かを確信し頷き、空を見上げ呟いた言葉が聞こえた気がした。

「テツさん、見てるかい」

綾梨紗の手を強く握り走りながら俺は思った。
願いを叶える呪文なんて本当はないのかもしれない。
願いは神様が叶えてくれるものではなく、自分の強い想いで叶えるものなんだ。
多分、俺たちはそうやって未来を掴み取ったんだ。

著者プロフィール

弟子屈 羊鱈（てしかが らむたら）

北海道釧路市出身。
公務員から小説家を目指して歩み始めたばかりで、今作が初上梓。
筆名は、大好きな北海道弟子屈町と競走馬ラムタラに由来する。
座右の銘は「鶏口となるも牛後となるなかれ」。
趣味はプラモデル作り、パークゴルフ。

ピロロポリルンッ

2024年4月15日　初版第1刷発行

著　者　弟子屈 羊鱈
発行者　瓜谷 綱延
発行所　株式会社文芸社
〒160-0022　東京都新宿区新宿1－10－1
電話　03-5369-3060（代表）
03-5369-2299（販売）

印刷所　株式会社エーヴィスシステムズ

ISBN978-4-286-25243-8